KB080461

믿음의 개는 시간을 저버리지 않으며

믿음의 개는
시간을 저버리지 않으며

박솔뫼 소설

스위밍꿀

차례

추천의 글

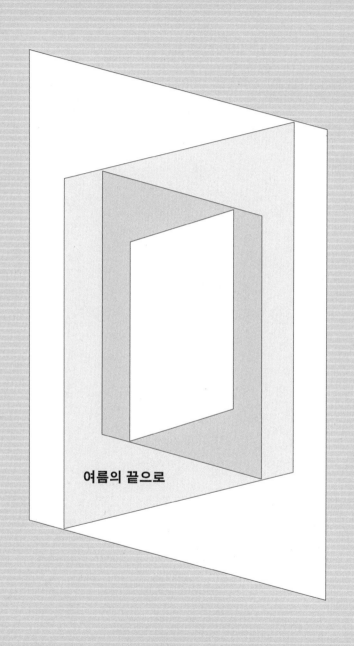

여름의 끝으로

친구의 가이드 일을 하게 되었다. 친구 허은은 온양에 있는 호텔 방 하나를 사십 일간 빌렸다. 허은과 나는 각자의 집에서 크리스마스를 보내고 29일에 온양에 왔다. 허은의 차 뒷좌석은 트렁크 두 개와 고양이 모래와 사료, 공기청정기와 가습기로 꽉 차 있었다. 은이 운전을 하는 동안 나는 옆자리에 앉아 허은의 고양이 차미가 든 이동장을 안고 있었다. 이동장을 방안에 제일 먼저 옮기고 두 번이나 더 왔다갔다하고서야 필요한 짐을 대략 옮길 수 있었다. 옮긴 짐을 정리하고 잠시 쉬다가 맘을 먹고 자리에서 일어난 은과 나는 함께 호텔 지하 온천에서 목욕을 하고 방으로 돌아왔다. 보기 좋게 말끔해진 얼굴이 된 우리는 지갑을 챙겨 근처 청국장집에서 청국장을 먹었다. 이 청국장집에 몇 번을 오가게 될까. 문득 그런 생각이 들었고 머리에는 샴푸 냄새와 청국장 냄새가 뒤섞였고 호텔로 돌아온 뒤에도 청국장 냄새가 남아 있었다. 뭔가 날아가버리지 않을까? 드라이기의 뜨거운 바람으로 이미 다 마른 머리를 날려보았지만 모르겠다. 각자의 침대에서 티브이에서 하는 연말 특집 프로그램을 보다가 호텔 로비에서 집어온 신문을 보다가 할 일을 서로 맞춰보았다. 허은의 고양이 차미는 아직 낯선 장소가 어색해서 침대 밑에 웅크리고 있었다. 허은이 이 호텔을 고른 이유는 호텔 사장이 친척이라 고양이를 데리고 묵을 수 있기 때문이었다. 리모델링을 잠시 미룬 건물의 외딴 객실이 우리가 묵는 방이었다. 우리가 방을 나가면 곧 벽지를 뜯고 가구를 새로 들인다고 하였다. 온천을 한 뒤여서인지 나른했고 티브이를 보다가 졸고 졸다 깨고 그러다 다시 졸았다.

30일에는 온양시장을 구경했다. 도서관의 위치도 알아두었다. 사십 일간 온양에서 뭘 해야 할까, 나는 다른

곳을 생각할 것이다. 가이드 일이 끝나고 받을 돈으로
갈 곳들을 정해보아야겠다고 생각했다.

— 남편한테 연락이 왔었어.
— 뭐래?
— 걱정된대.
— 음. 안 해봐서 그런 건가? 나도 안 해봤으니까 걱
정은 되거든.

허은은 아이를 유산한 이후 근처 가정의학과에 동면
을 신청했다. 동면은 대부분 장기 휴가를 낼 수 있는 여
유가 되는 사람들이 신청할 수 있었다. 치과 의사인 허
은은 칠 년 전에도 동면 경험이 있었다. 그 이후는 줄곧
바빴고 바쁘고 추운 와중에 너무 힘들 때는 짧게 더운
나라를 다녀왔다. 동면은 건강검진과 상담을 받은 후
시작할 수 있었다. 설정 기간에 따라 중간에 깨어나 이
틀 정도 기상 상태로 생활하다 약을 먹고 동면을 하기
도 했는데 이런 모든 만약의 경우를 대비해 동면자의
상태를 살펴봐주는 사람이 필요했다. 그게 가이드의
역할이었고 가이드를 고용할 여유까지 없는 사람들은

보통 동면 기간을 짧게 설정하였다. 가이드의 업무는 동면자를 잘 살피는 것이었다. 해야 할 일은 많지 않지만 신뢰가 가능한 사람에게만 맡길 수 있는 일이었다.

　─ 내일은 술 마시자.
　─ 마셔도 되는 건가?
　─ 많이 안 마시고 카운트다운하고 한 모금만 마시려고.

　날짜를 세기 쉽게 허은의 동면은 1월 1일부터 시작될 예정이었다. 나는 일기를 써야겠다고 말했다. 일기와는 별도로 허은의 동면 일지도 작성해야 한다. 또다시 어제처럼 꾸벅꾸벅 졸다가 새벽에 티브이 불빛에 잠에서 깼다. 이틀 내내 침대 밑에 있던 차미가 모두가 잠이 든 새벽 자리에서 나와 사료를 먹고 있었다. 차미를 알은척하지 않고 눈을 감고 볼륨을 낮춘 티브이의 내용을 상상해보았다. 차미가 사료를 씹는 소리와 이어서 물을 핥는 소리가 이어서 모래를 섞으며 노는 소리가 들렸다. 온양과 서울은 기차로 한 시간밖에 안 걸렸지만 그나마 남쪽이라 서울보다는 덜 혹독한 느낌이었다. 먼 일을 생각하지 않으려고 하지만 서울에서 매일 출근을 하며 일을 하는 것을 떠올리자 나도 모르게 숨이 막히는 기분이었다. 어쩌면 그것은 그나마 나은 가정일 수도 있었다. 일을 영영 못 구할지도 몰랐다. 괴롭고 왜 괴로운 것일까 생각하고 지금 슬픈 이유 이것을 해결하기 위해 해야 할 일 그 일의 성공 가능성을 생각하면 걷잡을 수 없어질 것이고 생각을 하지 않을 거야. 차미의 모래 섞는 소리가 멈추고 나는 더욱더 조용히 움직임 없이 마음이 가라앉기를 기다렸다. 나는 사십 일을 아니 한 달 정도를 어떻게 보낼지만 생각해야겠다고 그것만을 생각을 생각을 그것만을 하다가 다시 잠이 들었다. 앞으로 여러 번 새벽에 잠이 깰지도 몰라, 보통은 푹 자는 편이었지만 왠지 그런 생각이 들었다. 그럴 땐 온양역까지 산책을 하고 편의점에서 생수를 사 와야겠다고 정했다. 생각을 줄이고 매일 할 일을 정해놓고 그것들을 해야겠다. 그것이 나의 작은 목표였다.

허은이 임신을 했을 때 함께 점심을 먹은 적이 있었다. 나는 다니던 회사와 계약이 끝난 지 얼마 안 되어 쉬고 있을 때였다. 허은이 일하는 병원 근처에서 만나 함께 샌드위치를 먹었다.

— 동면이 가능한데 여전히 사람들은 임신을 하고 아이를 낳는다는 게 신기한데.

허은은 다른 사람 이야기를 하듯 가볍게 하지만 왠지 들뜬 목소리로 말했다. 자신은 곧 사라질 것들을 시작해버릴 것이라고 했다. 그러니까 설명하면 이런 기분이야. 동면이 가능해진 것처럼 어느 날부터 여자의 신체를 통하지 않은 임신 출산이 자연스러운 일이 될 거야. 그러면 사람들은 언제 여자들이 아이를 열 달 품고 있었냐는 듯이 행동하겠지. 그럼 나는 임신의 경험이 있는 과거의 신체로 여겨질 것이고 시대에 뒤처진 안타까운 사람으로 존재하게 되겠지. 나는 그 모든 것을 겪어보고 싶다는 생각이 들어, 나는 구형 인간으로 존재하고 나의 몸은 변화하고 아이가 태어나고 나는 아이를 완전히 사랑하고 그리고 어디서 만들어졌는지 어디서 태어난 것인지 새롭게 나타난 아이들이 자라고 그러다 어른도 되고 그리고 시간이 지나서 나는 죽는 거야. 허은은 거대한 이야기를 어제 먹은 맛있는 점심을 이야기하듯이 웃으면서 그런데 있잖아 하는 식으로 이어나갔다. 그런데 사실 맘속에서는 아무것도 변하지 않을 것 같다고 생각해. 사람들은 동면보다 더 놀라운 것에 적응해도 아이는 계속 여자의 신체를 통해 태어나는 것이 당연한 것이라고 생각하지 않을까. 그때 나는 허은이 아이를 낳고 또 시간이 지나 여자의 신체가 아닌 다른 곳에서 둘째 셋째 아이를 낳고 기를 때까지 변함없는 신체로 하지만 변할 필요도 없는 신체로 하지만 변할 수밖에 없는 신체로 존재하고 있을 것 같다는 생각 그런데 거기에 아무런 마음도 감정도 기분도 섞이지 않는 상태로 나 자신을 보고 있었다. 언젠가 동면은 해보고 싶다는 생각은 들었다. 동면을 한다는 것과 겨울잠을 잔다는 것은 같은 것이지만 아주 다른 행동처럼 느껴졌다. 아주 추운 날들을 건너뛰고 싶었고 이틀쯤 푹 자고 싶었다. 그러니까 나는 겨울잠을 자고 싶었다.

매일 체크할 리스트를 다시 점검하고 동네의 시장이나 마트, 도서관과 서점 등을 다시 둘러보러 나갔다. 은은 차미와 시간을 보낼 것이라고 했다. 차미에게 깨워도 일어날 수 없고 놀아줄 수 없고 잠들어 있을 것이라는 것을 설명할 것이라고 했다. 설명하면 이해해줄 거야. 차미는 늘 철학자 같았다. 생각이 많은 고양이, 조용하고 예민한 고양이. 허은의 고양이를 자주 만났고 은이 여행을 갔을 때 돌봐주러 가기도 했지만 차미는 하루에 한 번은 내게 욕을 했다. 나의 존재에 깜짝 놀란 듯이 뒷걸음질치며 할퀴는 소리를 냈다. 둘이서만 오래 지내다보면 욕을 안 하게 될까? 그렇지만 가만히 있으면 종종 머리를 내 다리에 부딪치고 사라졌다. 그것이 가장 좋은 순간이었다.

호텔에서 조리를 할 수는 없었고 매일 식당에서 밥을 사 먹고 싶지는 않았다. 물론 어쩔 수 없겠지만. 많은 부분을 나도 포기하고 식빵에 잼을 바르고 샐러드나 계란을 먹어야겠다고 생각했다. 한 달은 짧다고 생각하면 짧은 시간처럼 느껴졌다. 그러다 먹고 싶은 기분이 들면 식당에서 사 먹고라고 생각하다가 그냥 매일 도서관에 나가 도서관 매점을 이용해도 되겠다는 생각이 들었다. 허은을 배려해주고 허은을 살펴봐줘야 한다는 생각을 하지 않으려고 했다. 나는 해야 할 일을 하고 내 생각만을 할 것이다. 그게 허은에게 도움이 될 것이다.

서울에서 사는 것은 늘 쉬운 일은 아니었지만 최근 오 년간 가속도가 붙어 더 힘들어지고 있었다. 동면을 신청하는 사람들의 수도 당연히 늘고 있었다. 작년 1월의 평균 온도는 영하 18도라는 뉴스를 보았다. 나는 그런 곳에서 살았고 또 살게 될 것이며 살 수밖에 없지만 다시 한번 그런 추운 곳에서 이렇게나 많은 사람들이 살고 있다는 사실이 새삼스럽게 느껴졌다. 그렇다고 다른 곳을 그려보게 되지는 않는 그런 상태였다. 겨울이 지나면 제대로 된 생각을 할 수 있을 것이다. 지금은 어떤 식으로든 새로운 생각을 하기가 힘들었다. 그런 생각을 하며 걷다가 그런데 왜 이곳에는 온천이 생겼을까 이유가 있겠지 지대와 위치와 어쩌고 중얼거리다가 골목에 있는 작은 목욕탕이 눈에 띄었고 들어가보았다. 어디서나 아무 생각 없이 뭔가를 할 수 있고 서울에서라면 예기치 않게 카페에 가거나 새로 생긴 가게에 들어가 살 수 있는 작고 비싼 것을 사거나 이것저것을 하게 되겠지만 온양에서는 예기치 않게 온천을. 목욕탕에 있는 비누로 몸과 머리를 간단히 씻고 호텔 지하 온천보다 1.5배쯤 뜨거운 온탕에 몸을 담그고 속으로 숫자를 셌다. 허은은 차미에게 이해를 시켰을까 이해를 한다고 해도 원하는 대로 행동해주지는 않을 것이다. 그것은 어려운 일이다. 문득 엄마 생각이 났다. 엄마는 첫아이를 돌이 지나기 전에 사고로 잃었다. 이후 오빠가 언니가 내가 태어났고 나는 내가 모르는 오빠가 있었다는 사실을 최근에야 듣게 되었다. 엄마는 자기 전 아이고 그랬었다라고 잠꼬대처럼 말하고 잠이 들었다. 나는 오빠의 이름과 비슷할 그 남자애의 이름을 여러 개 지어보았다. 엄마는 특별히 슬픈 목소리는 아니었는데 슬픈 일은 슬픈 일로 남아 있기 때문일 것이다. 슬픈 일은 사라지지 않고 대신 우리는 다른 일들이 우리에게 닥치길 기다리며 손을 뻗고 밥을 먹고 아이를 낳고 책임을 지려고 한다. 나의 오빠와 언니도 그랬고 나는 나의 일은 잘 모르겠다는 생각을 하며 또다시 밀려오는 내일과 내일과 내일 내일의 생각들을 하지 않으려 숫자를 세었다. 탕에서 나와 자리를 잡으니 옆자리 할머니가 비누와 샴푸를 빌려주었다. 나는 목욕탕 비누로 감아 이미 뻣뻣해진 머리를 다시 감고 할머니의 등을 밀어주었다. 할머니는 시청 앞에서 팥죽을 판다고 했다. 내일까지 가게를 쉬니까 여유가 생겨 목욕탕에 왔다고. 몸에 찬물을 끼얹은 할머니는 다시 탕으로 들어갔다. 다음에는 시장에서 죽을 사 가야겠다.

허은은 방을 두 개 빌렸는데 아직 들어가지 않은 방이 허은이 동면을 할 방이었다. 우리가 며칠 묵은 방에서 떠나 허은은 편한 잠옷을 입고 아이용으로 산 기린 인형을 들고 동면을 하러 갈 것이다. 지금 묵고 있는 방은 나와 차미가 차미에게 아무것도 이해시킬 수 없겠지만 매일 설명을 하며 한 달을 묵을 것이다. 나는 매일 아침 여덟시에 일어나 옆방으로 가 허은의 체온과 맥박을 재고 실내 온도와 습도를 잴 것이다. 가습기의 물도 갈 것이다.

처음 동면이 보편화될 때 병원에서 테스트를 받은 실험자들은 대부분 별다른 어려움이 없었다고 말했다. 수면 상태였기 때문에 기억에 남는 것은 없고 잠을 많이 잔 것처럼 혹은 잠을 잘 못 잔 것처럼 약한 두통이 있다고 말했다. 하지만 절반에 가까운 사람들은 기억에 남는 꿈을 꿨다는 이야기를 했다. 그들은 마치 수면 상태에서 이 꿈에 대해 꼭 이야기할 것이라고 다짐했

던 사람들처럼 또렷하게 남아 있는 꿈의 기억을 보고
했다. 수면 상태였기 때문에 기억에 남는 것이 없다고
말했던 사람들에게도 나타난 현상이 아예 없지는 않았
다. 그들은 빠르면 한 달 후 혹은 육 개월이나 일 년 혹
은 수년 후 '만들어진 기억'에 대한 이야기를 하였다.
예를 들어 어릴 때 토끼 농장이 있는 학교에 다녔고 거
기서 토끼를 길렀다고 믿고 있던 것을 오랜 친구들이
사실이 아니라고 확인시켜주었던 경우. 어릴 때 겪었
던 일들을 잘못 기억하거나 '만들어진 기억'이 어린 시
절 한때에 추가된 경우가 가장 많았다. 해외여행을 한
번도 해본 적이 없던 스물일곱의 여성은—그 여성은
빚을 갚기 위해 테스트를 받았다—실험 후 이 년 뒤 홍
콩으로 여행을 가게 되었는데 홍콩에 도착하자마자 분
명히 와본 적이 있다고 확신하게 되었고 아는 곳을 돌
아다니는 기분으로 이 골목을 지나면 이 가게가 나오
고 그 가게 오른쪽에는 동상이 있고 하는 식으로 대학
을 졸업하고 한 번도 못 찾은 곳을 시간을 내어 들른 홍
콩에서 유학한 학생의 기분이었다고 말했다. 이 여성
의 경우가 가장 눈에 띄는 보고였다. 나머지 사람들은
모두 토끼를 키워봤다고 믿는 정도거나 그보다 사소한

것이었다. '만들어진 기억'은 뭐라고 할 수 있을까, 의학적으로는 모르겠다. 나는 그것이 심각한 부작용으로 받아들여지지 않았다. 동면을 하지 않아도 그런 순간들은 우리에게 존재했다. 희미한 얼굴을 한 분명한 존재로 사람들에게 어느 순간엔가 찾아왔기 때문이다. 데자뷔라는 말도 있는걸. 아무튼 그들은 머리에 뇌파를 확인하는 장치를 달고 팔과 심장에도 다양한 장치를 달고 동면을 취했다. 여러 차례의 테스트가 진행되었고 이후 동면은 신체적 정신적 회복이 필요한 사람들에게 주로 보급되었다. 하지만 그와 함께 서울의 한국의 겨울은 점점 혹독해졌으므로 대부분의 사람들은 회복이 필요하게 되었다.

목욕탕에서 나오니 핸드폰엔 허은으로부터 전화가 와 있었다.

―나 목욕 또 했어.
―뭐야, 또?
―응 아니, 작은 목욕탕이 보여서, 왠지 들어가보고 싶더라고.

— 저기, 도착했다고 하는데. 같이 저녁 먹을래?

— 나는 괜찮은데. 둘이서만 먹는 게 낫지 않아?

— 아니야. 같이 보자. 나는 그게 더 좋아.

허은은 아이를 유산한 이후 남편과 별거를 시작했다. 이유는 묻지 않았는데 묻기도 전에 그냥 할 일이 너무 많아서 혼자 있고 싶었다고 말을 하였다. 나와 은, 은의 남편은 호텔 안 식당으로 가서 불고기를 먹었다. 굳이 무거운 분위기가 될 필요는 없었겠지만 결혼식 이후 처음 본 은의 남편은 어색할 수밖에 없었고 동면이 나쁜 것은 아니었지만 은이 유산을 하지 않았더라면 동면도 하지 않았으리라고 모두 말없이 이해하고 있었다. 다들 조용히 불고기를 먹는 둥 마는 둥 하였다. 불고기를 먹고 나와 호텔 주변을 천천히 걸었다. 한 해의 끝 마지막날 연말 그런 것과 이 도시는 관계가 없는 것 같았고 생각보다 어둡고 지나는 사람이 드문 시가지를 셋은 걸었다. 은의 남편은 차미에게 간식을 주고 차미와 놀아주다가 돌아갔다. 차미는 은의 남편을 가장 좋아하는 것 같았다.

우리는 샴페인을 마시기 전 다시 한번 할 일을 점검
해보자고 옆방으로 펜과 수첩을 들고 갔다. 각종 배터
리와 건전지를 체크하고 병원에서 나눠준 체크리스트
를 서로 완전히 이해했는지 이야기를 주고받고 체크리
스트를 혹시 모르니 핸드폰으로 사진 찍어두었다. 가
져간 테이프 클리너로 바닥과 침구의 먼지를 제거하고
서울에서 따로 챙겨 온 공기청정기와 가습기를 침대
쪽에 두었다.

―뭔가 굉장히 좋은 꿈을 꾸면 좋을 거 같애.
―치아 교정 마스터가 된다든가?
―교정 왕.
―필요한 내용을 안 까먹게 꿈에서 주입시켜주면 좋
겠네. 한 달 사이 세계 치의학 동향 이런 걸 머릿속에 막
집어넣어주는 거야.
―진짜 교정 왕이 되겠네.
―아니 근데 그런 거 말고 일단은 뭔가 편안하고 좋
고 그런데 잘 모르는 거.

나는 은이 기린과 산책하는 꿈을 꾸면 좋겠다고 생

각했다. 그때 은은 키가 자라 기린보다 약간 작은 키이고 둘은 나란히 텅 빈 공원을 산책할 것이다. 허은과 나는 다시 한번 할 일을 훑어보고 방문을 닫고 원래 묵던 방으로 돌아갔다.

세계 각국의 명소에서 사람들은 카운트다운을 외치고 있었다. 나와 은은 침대 옆 스탠드가 놓인 작은 탁자에 샴페인 잔을 놓고 속으로 같이 숫자를 세다가 삼 이 일 와! 하고 작게 소리를 질렀다. 차미는 무슨 소리를 들은 건지 아까부터 갑자기 침대 밑에서 테이블 위 다시 침대 사이를 가로지르다가 방문 앞에서 멈춰 서고 그러다 빠르게 뛰어 침대 밑으로 들어가기를 반복했다. 새해다. 내일 오전부터 허은은 동면을 시작하게 될 것이다. 트렁크 안에는 맘먹고 사두었으나 읽지 못한 책들이 여러 권 준비되어 있었고 노트북을 열면 미뤄두었던 영화나 드라마 시리즈가 준비되어 있었다. 하지만 왠지 은에게 앞으로 한 달은 지겨울지 모르니까 이런 것을 준비했어라는 느낌을 주고 싶지 않아 꺼내두지 않았다.

─호텔에서 며칠 지내다보니까 이미 다른 곳에서 다른 사람으로 살고 있는 것 같아.

─어, 동면을 취소하는 건가요?

─아니요, 그냥 그렇다는 말입니다.

─나도 좀 그래. 환경이 바뀌어서 그런가봐.

은에게 손을 뻗어 머리를 가볍게 귀 뒤로 넘겨주었다.

─혹시 몰라서 녹음기도 따로 샀는데 아까 말하려다가 깜박했어, 이거 일주일 지나면 컴퓨터로 옮겼다가 다시 놔줄 수 있어?

─줘봐. 어렵진 않겠지?

허은의 녹음기를 건네받고 작동 방식을 익히고 마시다 만 샴페인을 치우고 이를 닦고 잠이 들었다. 차미는 갑자기 울기 시작했다. 얘는 밤에 잘 울어. 은이 어두운 방안에서 말했다.

은은 옆방에 준비된 침대로 옮겼다. 더블베드였다. 오래된 호텔이라 침대의 사이즈가 컸고 그게 왠지 안

정감을 주었다. 가습기와 공기청정기를 가동시키고 녹음기를 침대 옆 테이블에 두었다. 동면 일지를 테이블 위에 놓고 썼다.

1월 1일, 1일 차
동면을 시작하였다.

은이 잠든 모습을 보고 방으로 돌아와 이를 닦고 세수를 하였다. 어젯밤에는 긴장을 해서 자주 자다 깼다. 벽 하나를 두고 허은은 동면을 하고 있다. 그러다 긴장이 풀렸는지 어느새 잠이 들었고 허리쯤에 차미가 와 자고 있는 것이 잠결에 느껴졌다. 열두시가 넘어 잠에서 깼고 차미야 하고 팔을 밑으로 뻗었지만 아무것도 없었다. 차미의 똥과 오줌을 치웠다. 나중에 허은의 차에서 모래와 사료를 가져와야겠다고 생각했다. 짐을 옮길 때 덜어놓은 사료와 모래만을 가져왔는데 한 번은 다시 갔다 와야 하지 않을까. 허은의 차 키를 어디에 두어야 할까 테이블 서랍에 두어야 할까 생각하다가 매일 드는 가방 안에 두었다. 쓰고 싶으면 쓰라고 허락을 받았는데 운전을 하게 될 일이 있으려나 생각하면서 차 키를 손으로 문질러보았다. 이미 은은 잠들어 있 겠지만 왠지 긴장이 돼서 살금살금 슬리퍼도 신지 않 고 옆방으로 가 은의 상태를 보았다. 일지 밑에 한 줄 더 추가 하였다.

12:15 양호.

트렁크에서 『티보가의 사람들』 3권을 꺼내 테이블 위에 두었다. 금세 읽을 것 같지만 의외로 한 달이 지 나도 아무것도 못 읽을지도 몰라. 원두와 드리퍼 원두 분쇄기도 꺼내두었다. 짐을 챙길 때 드립 용구를 챙기 면서도 근데 커피 한 번도 안 내려 마실지도 몰라 인스 턴트를 매일 물에 타 마실지도 몰라 싶어서 넣었다 뺐 다가 다시 넣은 것이었다. 그런데 그렇게 생각하면 챙 길 것이 속옷과 추리닝 외출복 한두 벌밖에 없었다. 핸 드폰과 충전기와 지갑 정도? 그래도 뭔가 생활을 하는 사람처럼 보여야지 생각하며 테이블 위 책 옆에 머그 잔을 두고 원두와 드리퍼를 냉장고 위로 옮겼다. 시장 에 가봐야겠다고 생각했다. 이곳에 온 이후로 추리닝 과 호텔 안에 준비된 가운 말고는 입은 옷이 없었네 생

각하면서 다시 또 추리닝을 입었다. 한참을 헤매다 알
았지만 1월 1일에 문을 연 곳은 맥도날드 정도였다. 치
킨랩과 커피를 먹으며 내일은 일찍 일어나서 맥모닝
을 먹어야지 생각했다. 도서관도 서점도 당연히 문을
닫았고 할머니 할아버지 댁에 들른 것 같은 한복 차림
의 어린이들을 구경하였다. 맥도날드를 잠깐이지만 사
랑하게 되었다. 얼른 휴일의 분위기에서 벗어나고 싶
다가도 지겨운 것들이라도 곧 사라져버리는 것을 이미
알고 있었다. 문이 연 곳이 없으면 저녁에 또 맥도날드
에 오는 수밖에 없다 생각하면서 한복 입은 아이들이
지나가는 것을 보았다.

허은은 칠 년 전 동면을 한 이유를 피곤해서였다고
말했다. 허은은 처음 상담을 받은 병원의 동면실에 입
원해 이 주간 동면을 하였다. 가이드는 병원의 담당 간
호사였고 어떻게 생각해보아도 간호사에게 가이드 일
을 맡기는 것이 맞는 일일 것이다. 엄격하게 관리되기
는 힘들지만 가이드는 일단 자격증을 가진 사람들에게
만 허용이 되는 일로, 나는 언제든 따두면 도움이 될 것
이라는 생각에 공부를 하고 실습을 나간 후 자격증 시

험을 본 후 취득하게 되었다. 그즈음 이전에 함께 일하던 상사가 옮긴 회사로 이직 제안을 해와 한동안은 새로운 환경에 적응하느라 가이드 일을 할 틈이 없었다. 하지만 곧 주변인, 그러니까 친구의 친구라든가가 동면을 할 때 나를 찾았고 몇 개월 후 큰돈을 써야 할 일은 종종 생겼으며 그러다보니 어느새 직장을 다니며 가이드 아르바이트를 하고 있었다. 병원에 갈 여력이 없거나 병원을 싫어하는 사람들은 보통 집이나 싼 숙소에서 동면을 하였다. 결국 잠들어 있을 것이라면 같지 않을까 생각하다가도 많은 사람들이 나의 모습을 보고 그것이 내가 모르는 기록으로 남을 것을 생각하면 역시 두려울 것이라는 생각도 들었다. 허은은 혹시 도움이 될지도 모르겠다며 동면 직후 쓴 일기를 내게 주었다. 거기에는 역시 '만들어진 기억'에 관한 것들이 쓰여 있었다.

　— 이거 꼭 읽어봐야 하는 거야?
　— 아니, 뭐 상관없는데.
　— 진짜 읽어도 돼?
　— 왜 그래? 무서워하는 거 같은데.

—아니 무섭진 않은데. 무서운 내용이 있을까봐 걱
정돼.

　은은 그런 것은 없다고 하였다. 하지만 한편으로는
나는 허은이 내게 보이는 모습만을 보고 싶은 것 같았
다. 보이지 않는 모습을 보게 될 때도 있었지만 그것은
어쩔 수 없는 것이었고 친구의 속마음 혼자서 하는 고
민까지 알고 싶지는 않았다. 무섭기도 했지만 나는 일
기를 읽는다고 허은을 더 잘 알게 될 것이라고는 생각
하지 않기 때문이었다. 하지만 모르는 사람이라면 나
는 당연히 이것을 읽고 혹시 무언가 준비해야 한다면
준비를 할 것이다. 그렇다면 나는 당연히 이 일기를 읽
어야 한다. 『티보가의 사람들』 3권 옆에 허은의 일기장
을 두었다. A5 사이즈의 오렌지색 로디아 노트였다.

　아침 여덟시에 일어나 허은의 상태를 보고 일지를
쓰고 가습기의 물을 갈았다. 시장에서 맘먹고 사 온 이
파리가 예쁘게 달린 한라봉을 테이블에 두었다. 며칠
후 가져가서 먹을 테지만 잠깐이라도 예쁜 것을 두고
싶었다. 허은은 양호했다.

로디아 노트를 펼쳐 허은의 칠 년 전 일기를 읽었다. 칠 년 전 동면 직후에 쓴 일기들이 절반 이상이었지만 삼사 개월 후 여행지에서 쓴 것도 몇 편 있었고 짧았지만 최근까지 이어져 있었다. 내가 알기로 은은 일기를 쓰는 사람은 아니었는데 동면 관련 기록만 이곳에 남긴 것 같았다. 은은 주요한 스케줄은 병원 내 프로그램에 정리해두었고 개인 스케줄은 간단히 핸드폰 캘린더에 표시해두는 것이 다였고 그 외에 따로 기록하지는 않았다.

약과 주사를 미리 투여하였기 때문에 근육과 수분 손실은 생각보다 낮았다. + 병원 기록 첨부(copy)

동면 직전 언니와 크게 싸웠다. 언니와는 서로 풀지 못하고 풀 수 없는 것이 있었는데 동면 이후 언니를 향한 미움이 사라졌다. 정확히 말하면 혈연처럼 느끼지 않게 되었다. 좋아하게 된 것은 아니고 영화 속 사람처럼 그 사람의 성격과 과거가 총체적으로 이해됨과 동시에 그 사람에 관한 감정의 수치가 눈에 띄게

낮아졌다. 이것을 감정이 사라진 것이라고 할 수 있을까? 그러니까 미움이라는 감정이 사라지고 어떤 이성적인 판단 능력이 생긴 것일까? 아니면 나의 인격의 어떤 부분이 변화한 것일까?

불안한 마음에 지능 검사를 받아보아야겠다고 생각했다. 새로 나온 치의학 관련 논문들을 읽어보았는데 이해가 잘되었다. 어려운 부분과 다시 확인해보아야 할 부분도 있었지만 그것은 이전에도 마찬가지였다. 괜한 의심을 가지지 않기로 하였다.

시간을 어떻게 보내야 할지 고민하다가 달리기도 시작하였다. 십 킬로미터를 운이 좋으면 육십 분 안에 끊기도 하였다. 처음 달리는 것은 어려웠지만 삼 킬로미터를 뛰고 나니 조금씩 늘려갈 수 있었다. 뛰고 나면 피곤해서 금방 잠이 들 것 같지만 오히려 세포가 생생하게 살아나는 느낌이었다. 잠이 깨고 정신이 맑아졌다. 그래서 되도록 낮시간에 뛰려고 했다. 왜인지 잘 안 돼서 저녁에 자꾸 뛰게 되었지만 말이다. 차미는 밤이 되면 슬픈 목소리로 울었다. 메메 우는 차미에게 낚싯대

장난감으로 놀아주고 간식도 주었다. 그러면 조용해졌지만 불을 끄고 잠이 들려고 하면 어김없이 몇 분간 울었다. 어쩌면 그 이후로도 울었을지 모르겠다. 내가 잠이 든 사이에. 차미는 허은이 보고 싶을까? 차미는 어릴 때 헤어진 엄마와 형제들을 기억할까? 헤어진 가족들을 알아볼까 보고 싶어할까. 가끔 잠결에 내 옆에 누운 차미가 느껴질 때가 있었다. 차미야 슬퍼하지 마 속으로 생각했다. 차미를 안고 등에 코를 묻으면 땅콩 냄새 같은 고소한 냄새가 났다. 일정한 소리로 코를 골며 자는 차미의 등에 코를 대고 고소한 냄새를 맡았다. 잠이 올 것 같은 냄새였다.

  얼마 만이었더라. 오랜만에 선생님에게 연락이 왔다. 선생님이 갑자기 온양으로 온다고 하셨다. 선생님을 뭐라고 불러야 할까. 우리는 서로를 애매하게 부르거나 늘 이런저런 호칭으로 적당히 불렀다. 선생님은 여전히 대학에서 간간이 강의를 하며 번역을 하고 계셨고 나는 줄곧 회사에서 일을 하다 지금은 쉬고 있었고 가이드 일이 끝나면 봄에는 한 달쯤 조용히 여행을 가서 지내고 싶었다. 그것이 메시지로 주고받은 우리의 근황이었다. 선생님을 만난 것은 학술 단체에서 정기적으로 여는 세미나에서였다. 선생님은 해당 세미나를 지도하고 있었는데 집으로 가는 방향이 같아 가까워지게 되었다. 공통으로 알고 있는 지인도 있어 처음에는 셋이서 모여 맥주를 마셨다. 하지만 어느샌가 둘이서 더 자주 연락을 하게 되었다. 그렇다고 연락을 많이 하는 편은 아니었는데 아무래도 그 정도가 편했던 것 같다. 우리는 온양역에서 만나 시장을 향해 걸었다.

— 어쩐 일이세요?
— 응. 대전에 일이 있어서요. 앞으로 세 달 정도 왔다 갔다해야 할 것 같아.
— 일은 끝나신 거예요?
— 응. 다음주에 가면 돼요.

온양에 온 지 일주일쯤 지났을까, 고작 그 정도의 시간인데 대전이라는 말을 듣자 무척 도시처럼 느껴졌다. 대전 정도면 가벼운 마음으로 잠깐 들를 수 있지 않을까.

─케이티엑스 타면 삼십 분 정도밖에 안 걸려요. 삼
십 분도 안 걸릴걸?

 마치 내 생각을 알고 있었던 것 같은 대답이었다.
우리는 시장으로 가 칼국수를 먹고 시장 안에 있는 작
은 헌책방으로 가 책을 구경했다. 선생님은 내게 절판
된 아베 고보의 소설을 선물했다. 대전에서 온양으로
기차를 타고 온 선생님은 다시 서울로 지하철을 타고
간다고 하였다. 이상한 방식이네. 지하철에서 책을 읽
는다고 하였는데 그 노선에는 무료로 지하철을 타고
온양까지 오가는 할아버지들이 많다고 하였다. 역 근
처에서 커피를 마시며 요즘 번역하는 책에 대한 이야
기를 들었다. 그러다 내 옷에 묻은 고양이 털을 떼어
주었다.

 ─일이 힘들지는 않아요?
 ─아직까지는 괜찮아요.
 ─무슨 기분일까?
 ─저요? 아니면 친구?
 ─둘 다.

—그게 저도 그런데. 이게 다 그렇잖아요. 하는 사람
들은 여러 번 하기도 하고 실제로 많이들 하기도 하지
만 안 하는 사람들은 아예 생각도 안 하는 일이잖아요?
생각도 안 하는 건 아니고 약간 관심이 있더라도 마음
어디선가 절대 할 수 없는 일로 생각하는 사람들도 많
고요.
　—나도 그렇거든.
　—근데 모르겠어요. 이렇게까지 가까운 사람이 하는
것은 처음이라서요. 일이 끝나면 여행을 갈 건데 그때
차분히 생각해보려고요.

　선생님을 배웅하며 왠지 허은의 일기가 생각났다.
거기에 그런 말이 있었다. 어떻게 생각하면 과학자 같
은 말이었는데, 나는 새롭게 시작하는 것들에 늘 관심
이 있고 그것을 정확하게 받아들이고 싶다 동면을 해
보지 않을 이유가 없었다 같은 말이었다.

　허은의 상태를 체크하고 가습기의 물을 갈고 테이
블의 한라봉을 들고 방으로 돌아왔다. 차미의 화장실
을 치우고 물도 새로 바꿔줬다. 한라봉을 까먹고 창문

을 열어 방안을 환기시켰다. 오랜만에 외출복으로 갈 아입고 케이티엑스를 타고 대전으로 갔다. 대전역에 내려 바라본 풍경은 의외로 온양과 다르지 않았다. 좀 더 크고 좀더 뭐가 많기는 했지만 의외로 친근한 구도 심의 모습이었고 어쩌면 대학 근처로 가면 느낌이 다 를지 몰라 생각하면서 칼국숫집으로 가 칼국수를 먹었 다. 골목을 걸을 때마다 칼국숫집이 그것도 종류가 다 른 칼국숫집이 보여서 신기했다. 나는 지난번 선생님 이 알려준 오래된 들깨칼국숫집으로 가 칼국수를 먹고 근처를 산책하다 커피를 마시고 빵을 사서 온양으로 돌아왔다. 세 시간도 안 걸린 짧은 외출이었다. 하지만 돌아갈 즈음에는 왠지 마음이 불안하고 급해져 방으로 돌아오고서야 안심할 수 있었다. 차미가 갑자기 머리 를 내 다리에 문질렀고 꼬리를 다리에 감으며 지나갔 다. 차미에게 간식을 주고 만져주었다. 그러고 보니 이 제 나에게 욕을 하지는 않는 거 같아.

—뭐 하고 있었어?

차미의 대답은 없었고 있어도 알 수 없을 테지만 나

는 늘 그것이 궁금했다.

'만들어진 기억'에 관한 아티클을 읽었다. 동물학자
가 쓴 것이었는데 그가 설정한 가설은 지역에 따라
동물만이 아니라 인간도 동면을 하였으리라는 것이
다. 시기는 정확히 추정하기 힘들지만 (여기서 신뢰
성이 떨어진다) 추운 지역을 중심으로 동면이 광범
위하게 퍼져 있었다는 가설을 전개하고 있었다. 이는
곰 개구리 등 특정 동물들만 동면을 한다는 상식에
가까운 사실과는 완전히 다른 내용이었다. 이어서 그
는 우리가 자연스럽다고 여기는 감각, 동물적인 것과
인간적인 것의 구분에도 의문을 제기하였다. 물론 필
요한 문제 제기였으나 다소 갑작스러운 흐름이었다.
동면 후 나타나는 '만들어진 기억'에 관해서는 특수
한 현상이라기보다 꿈의 일종으로 보는 것이 타당하
다는 의견이었다. 수면 시간이 길어짐에 따라 발생하
는 다른 종류의 꿈이라는 것이다. 물론 좀더 섬세한
관찰과 연구가 필요하다는 코멘트가 붙기는 했지만.
아티클은 문제 설정은 흥미로웠으나 뒷받침하는 근
거가 부족했고 논리적 구성 역시 갖추고 있지 못했다.

그럼에도 신선한 글이었고 왜인지 나를 안도하게 하였다. 나는 동면을 하기 전부터 관련 자료들을 읽어 왔으며 이를 통해 동면이 안전하다는 나름의 판단을 내리게 되었다. 동시에 나의 예상 범위를 넘어선 부작용이 있다고 해도 어느 정도는 받아들여야겠다고 마음먹고 있었다. 그러니까 나는 동면을 부정적으로 보고 있지 않은 것인데 그럼에도 마음 깊은 곳에서는 이것이 자연적인 흐름에서 벗어난 일이고 나는 무리를 하는 것일지도 모른다는 불안감이 있었던 것 같다. 저자의 의견처럼 먼 인류에게 나타났던 행동 패턴이라면 물론 그 인류와 나는 큰 차이가 있겠지만 조금은 안심이 되었다. 완전히 안심을 하기에는 부족한 아티클이었으나 읽는 동안은 마음이 서서히 편안해졌던 것도 사실이다.

그럼에도 '만들어진 기억'에 관한 의견에는 생각이 달랐다. 아마 내가 실제로 동면을 하지 않았다면 저자의 생각에 동의했을지도 모른다. 인간은 자연스럽게 기억을 왜곡 변형시키고 그것은 전혀 특수한 일이 아니기 때문이다. 그럼에도 실제로 겪어본 '만들어진 기억'은 훨씬 실제적이고 구체적이었다. 그리고 확신

할 수는 없지만 양상 역시 개개인마다 다를 것이라는 추측도 생겼다. 일단 내가 경험한 '만들어진 기억'은 디즈니랜드에 대한 것으로, 이전에 보고된 홍콩의 지리를 정확하게 기억하게 된 여성의 경우와 비슷하면서 약간 달랐다. 나 역시 가본 적 없던 디즈니랜드의 지리와 내부 시설, 입장과 탑승 단계들을 정확하게 그려낼 수 있었으나 이것이 '만들어진 기억'임을 인지하고 있었다. 주요 사실들은 정확하나 이 사실들을 구성하는 정서 자체는 꿈에 가까웠다. 환상적이고 아련했고 디즈니 광고를 보는 느낌이었다. 이것이 내가 실제로 겪은 일이라는 생각은 들지 않았지만 그렇다고 희미하지도 않았다. 무척 정확히 되살릴 수 있었다. 동시에 환상적이고 동화적인 영상이 자주 분명하게 보이고 떠올랐다. 그 영상은 무척 선명하여 나는 내가 본 것을 여기에 그려둔다.

허은이 보게 된 '만들어진 기억' 자체는 무척 동화적이고 꿈같았다. 그것을 기록하는 허은의 시선 자체는 냉정하고자 노력하고 있었지만 말이다. 당연한 의문이지만 동면을 하는 동안 우리의 시간은 어디로 가는 것일까요 나는 자신이 던진 갑작스러운 질문을 제대로 이해하려 가만히 질문을 여러 번 되풀이하였다. 자는 동안 우리의 시간은 지난날의 피로와 다음날의 일상을 위한 것이라고 이해하면 될까. 동면도 아주 다르지는 않겠지만 긴 시간은 우리에게 그 만큼의 빈틈을 알려줄 수밖에 없어. 은의 일기가 최근에 가까워질수록 그는 자신이 본 동화의 세계와 떠난 아이의 이야기를 연결지어 쓰고 있었다. 그리고 매번 '여기에 어떤 근거가 있는 것은 아니다'라고 덧붙이고 있었다. 허은은 자신에게 침투한 많은 기억들과 유산한 아이가 어디선가 만날 것이라는, 거기에는 가느다란 연관이 있을 것이라는 생각을 반복해서 해나갔다. 어디선가 그들은 만났고 다른 곳에서 그들은 또 만나고 있으며 만날 것이라는 생각이었다. 이번 동면에서 어떤 것을 겪고자 하는지 자신이 믿는 그 연관 관계에서 무언가를 보고자 하는지 혹은 은은 그저 피로한 것일지 모른다. 시간이 어디로 가는지 그것은 나중에 알아보기로 하고 일단은 지금이라는 덩어리를 건너뛰기로 결정할 정도로 피곤한 것이다. 이전에 우리가 만났을 때 허은은 아이를 낳고 기르는 사이클을 겪어보고 싶다고 했다. 나는 그것이 어떤 것인지 여전히 앞으로도 이해할 수 없을 것 같지만 허은은 허은의 동면을 겪고 나는 온양에서 흐르는 시간들을 차가운 물에 손을 가져가는 것처럼 생생하게 느끼고 받아들이고 있다. 어떤 기억이 우리에게 흡수되어도 나 역시 그것을 받아들이게 될 것이다. 이상한 이야기일지도 몰랐지만 허은의 일기를 읽어나갈수록 읽어두기를 잘했다는 생각이 들었다. 온양에 온 첫날처럼 괴로운 마음이 되는 날은 없었다. 나는 대전에서 사 온 빵과 편의점에서 사 온 우유를 먹었다. 컴퓨터에 옮겨둔 녹음기의 파일을 들어볼까 하는 생각도 들었지만 관두었다.

미뤄둔 『티보가의 사람들』 3권을 읽다가 가이드가 끝나면 오키나와에 가야겠다고 결정했다. 3월이 되면 어디라도 크게 춥지는 않겠지만 나는 여름에 가까운 곳에 가고 싶어졌다. 나는 오키나와에 가서 은의 일기를 다시 읽고 싶었다. 은의 시간이 다른 식으로 다가오고 이해될 것이다. 그리고 동면이 끝나면 쓰게 될 일기도 언젠가 읽게 해달라고 할 것이다. 아니 직접 이야기를 해도 좋고 나는 그 이야기를 조용히 듣는다. 네가 오키나와에 와도 좋아. 그리고 나는 바닷소리가 들리는 침대에서 눈을 뜨고 습기를 머금은 기온이 느껴지고 때로는 비바람이 잠을 깨울 것이다. 당신이 만난 것을 말해. 그때의 나는 사라지는 것이 두렵지 않게 되었다고 생각할 것이고 나는 그것을 말한다 여름으로 향하며 잠결에.

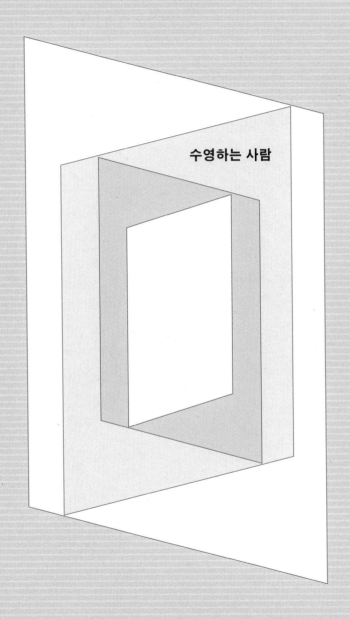

수영하는 사람

동면이 끝난 허은과 부산에 갔다. 다음달부터 부산에서 일을 하게 되어 집을 알아봐야 한다고 했더니 같이 가자고 하였다. 은에게 말했을 때는 부산에서 일을 하기로 마음먹은 후였는데도 정말 부산에 가게 되는 것일까? 살게 되는 것일까? 말하는 입과는 다르게 마음은 여전히 망설이고 있었다. 이게 맞는 걸까? 이런 식으로 결정을 해도 되는 걸까? 잘 모르겠지만 일단 일을 하기로 했으니 이사도 해야 했고 그렇다면 집을 구해야 했다. 이런 이유로 부산에 가게 된 것은 처음이었는데 대부분 여행이거나 영화제에 가거나였고, 일을 했던 적도 있지만 그때에는 회사에서 쓰는 숙소가 있

었다. 아무튼 집을 구하는 게 너무 큰 문제 같아서 딴생
각을 자꾸 하게 되었다. 그 동네에 맛있는 식당이라든
가 시장이 있었던가? 부산역까지는 어떻게 가더라 커
피는 어디서 마시지 같은 생각을 하다가 안 돼 안 돼 다
시 집을 찾아야 한다고 말하는 문으로 되돌아갔다.

동면을 마치고 허은은 곧바로 치과로 돌아갔다. 동
면을 끝낸 다다음 날부터 직장인 치과로 출근을 시작
한 것이다. 동면은 현대인이 취할 수 있는 최대한의 휴
식에 가까운 느낌을 주지만 또 한편으로는 긴 해외여
행처럼 보이기도 했다. 뭔가 서유럽 삼 주 일주, 산티아
고 순례길 체험, 호놀룰루 마라톤 참가, 남미 여행. 시
차라는 것이 있을 텐데요. 어제 공항에 도착해서 바로
출근한 거예요? 같은 기분이 들게 하는. 동면 마지막날
허은은 기계처럼 정해진 시간에 깨어났다.

— 일어났다.
— 괜찮아?
— 괜찮아.
— 뭔가 막 오래 잔 것 같은데 그냥 열다섯 시간 정도

잔 것 같은 기분이야.

　은은 꿈을 꾼 것 같기도 하고 뭔가 생각이 나는 것 같기도 하다고 중얼거리다, 미지근한 물을 여러 번 나눠 마셨다. 이후에는 정해진 대로 미음에 가까운 쌀죽을 먹었고 손실된 근육이 빨리 붙도록 다리에 보조대를 차고 일어나 방안을 걸었다. 정해진 몇 가지 검사를 한 후 옷을 챙겨 입고 호텔을 나왔다. 그사이 어느새 시간이 지나 구정을 앞두고 있었다. 우리는 동면을 위해 따로 빌린 온양의 오래된 호텔 주변을 걸었다. 어딘가로 사람을 보내버리면 어딘가로 보내진 사람이라는 것에 금방 적응을 해버리는 것 같다. 허은은 종일 나른한 표정으로 천천히 걸었지만 서울에 도착하자마자 이곳에 와버렸다 이제는 이곳에 와버린 사람이 되었다는 표정으로 빠르게 할 일들을 정리하기 시작했다. 그러니 하룻밤 자고 다시 출근하는 일도 잘했을 것이다. 남아 있는 것들을 생각했다. 우리가 알고 있는 남아 있는 것들은 언제 우리를 찾아오지? 하지만 그것을 보고 그것을 보기 위해 의자에 앉겠다고 마음을 먹으면 괜찮을 것이다. 의자에 앉아서 봐야 할 것을 본다면 피하지 않는다면. 피하지 않아야 한다.

부산에 가는 것이 걱정이 되었지만 한편으로는 모든 게 다 그 나름이라는 생각도 들었다. 어디로 옮겨져도 뭔가 어색한 느낌을 떨칠 수 없을 것 같아. 수영장에 일 년 내내 다녀도 사람들 틈에서 옷을 갈아입고 씻는 것에 적응이 되지 않았는데 접수대가 있고 정해진 것들을 하고 무언가를 반납하고 다시 확인하고 정해진 절차들은 가끔 이상해. 해도 해도 어렵게 느껴지는 일들이 아닌 척해도 많았다. 하지만 남들이 보기에는 그럭저럭 잘해내는 것으로 보일지도 모르니 그런 식으로 어려워하지 말자고 생각했다. 할 일들을 끝내고 문을 닫고 걸어가면 걸어가는 일에 몰두할 수 있을 것이다.

허은의 동면 가이드 일을 한 것은 한 달 정도였다. 가이드는 동면중 급격한 신체 변화를 일으키는 경우를 막고 계획대로 동면이 진행되는지 확인하는 일이었다. 가장 권장되는 것은 병원에서 동면을 하는 것이었지만 가장 안전한 길을 선택할 기분이 안 들기도 하겠지. 그것은 입원과 무엇이 다른가요. 사람들은 자신이 동면을 하고 싶은 것이지 병원에 있고 싶은 것은 아니라는 생각이 들 것이다. 그래서 가이드를 고용하는 사람들이 생겼고 그러자 가이드를 양성하기 위한 시험이 생겼고 당연히 학원도 생겼다. 하지만 가이드의 대다수는 여전히 퇴직한 간호사들이었다. 나는 자격증을 딴 후 회사에 다녔기 때문에 가이드 경험이 많지는 않았다. 무엇보다 내게 동면은 개인적인 영역으로 여겨졌고 개인적인 영역에 책임을 져야 하는 일이 해볼 만하다는 생각과 부담스럽다는 생각 그 사이에서 왔다갔다하다 그때그때의 사정에 따라 결정했다. 돈이 필요할 때나 계약직으로 일하다 계약 연장이 안 되었을 때에는 여러 건을 맡았지만 아는 사람들의 의뢰가 아니면 대부분 거절해왔다. 이야기를 들어보면 많은 가이드들이 나와 비슷한 방식으로 일을 하고 있었다. 긴 시간 전적으로 이 일만을 맡아서 하기에는 다들 무언가, 그러게 안정적인 일로 받아들여지지는 않네 하는 마음을 가지게 되는 것이다. 하지만 완전히 안정적인 일 같은 것을 꿈꿀 수는 없고 그래서 가이드 일을 계속하게 되는 것일까.

특별한 사연이나 과거는 없었고 대부분 단지 피곤해

서 동면을 하는 것이겠지만 사람들의 자는 얼굴은 이상하고 슬프다. 얼굴을 오랫동안 바라보다보면 왜인지 이 사람의 모든 것을 알아차리게 되는 기분이 들었다. 나는 눈앞의 사람을 완전히 이해해버리게 되었다고 느끼는 것을 자주는 겪고 싶지가 않았다. 시간은 이상한 감각으로 늘어나기도 줄어들기도 했고 시계를 보고 텔레비전을 보고 달력을 보고 평소라는 감각을 갖기 위해 노력을 하지만 팔 분이 삼십삼 분 정도로 늘어나는 느낌, 세 시간이 사십오 분 정도로 여겨지는 느낌을 어떻게 다루어야 할지 여전히 그런 일들은 어려웠고 그 어려움은 해결이 안 될 것이라는 것을 알았다. 허은은…… 은의 가이드를 하는 동안 정해진 일들은 무리 없이 해냈지만 은의 얼굴을 보는 것은 왜인지 피하게 되었다. 피할 이유는 없지라고 생각하며 가끔 바라보다보면 우리는 너무 멀리 온 것 같은 느낌. 어떻게 나이를 먹고 무언가를 떠맡고 해결이 안 되는 일을 한다고 치고 했다고 믿고 가끔 뭔가가 결정되기도 하며 살아가는 거지? 너무 캐주얼하지는 않지만 그렇다고 아주 정장도 아닌 적당한 차림으로 출근하여 의사 가운을 걸친 은의 모습이 자고 있는 얼굴에서는 잘 그려지지 않았다. 은은 일곱 살부터 아역배우로 활동하다, 열한 살에 신인 감독의 영화에 캐스팅되어 주연을 맡았다. 그 영화로 해외 영화제에서 최연소로 배우상을 수상하기도 하였다. 나는 그 영화를 좋아했고 가끔 생각이 나, 그 영화의 타이틀을 영어로 검색해보면 Huh-Eun is now로 시작하는 글이 몇 개나 보였다. 허은은 이 영화를 마지막으로 더이상 연기를 하지 않는다, 같은 글을 보면서 이런 글을 보면 사람들은 허은에게서 어떤 미래를 그리고 있는 것일까. 허은은 무엇도 숨기지 않고 자신의 일을 하고 있지만 어쩐지 숨고 감춘 사람 혹은 영영 사라져버린 사람처럼 여겨지는 것 같다는 생각을 했다. 자는 은의 얼굴. 더이상 연기를 하지 않는 전직 아역배우의 얼굴은 무방비하지도 단단하지도 않고 내가 이해했다고 느끼는 것들은 사실 단순하고 강력한 것들이라는 생각을 했다. 당신은 자고 있다 당신은 자고 있다 같은.

정말 사라진 것처럼 느껴지는 것은 오히려 영화를 찍은 감독이었다. 데뷔작 이후 두 편 정도를 더 찍고 캐나다로 이민을 갔다고 전해지는데 가족 외에는 아무도 행방을 모른다고 한다. 가끔 시네마테크에서 상영을 하는 것을 보면 저작권을 관리하는 사람이 있기는 한 것 같고 몇 년에 한 번씩 그 사람을 다루는 기사가 나오기는 하지만 연락이 되는 것 같지는 않다. 하지만 이 사람이라고 사라진 걸까 그냥 잘 살고 있을 것이다. 한국 영화계에서 사라진 것이 뭐 대순가, 게다가 이미 찍고 발표한 영화가 있는데 그걸 사라졌다고 할 수 있는 것일까 싶었다. 은과 선생님의 수업을 들었을 때 선생님은 은의 얼굴을 한참 보다가 수업이 끝난 뒤 허은은 그 허은이니? 은은 그 허은이에요 대답하고 막 웃었다. 학기가 끝날 때에 조심스럽게 혹시 감독과 연락이 되느냐고 물어본 적도 있었다. 은은 아니에요 그럴 리가 대답했다. 캐나다로 여행을 간다면, 어학연수를 간다면, 우리가 커피를 마시고 도넛을 사 먹고 가끔 스시를 먹으러 갔는데 여기 주인이 한국인이래 혹은 친구의 아버지가 어렵게 캐나다 공무원 시험에 합격하셨다는데 꽤 괜찮은가봐 여기서 공무원을 하는 게. 그렇게 어떤 얼굴을 마주칠 때 이십 년이 지난 얼굴은 얼마나 변한 얼굴일까. 어쩌면 하나도 변하지 않아 충분히 알아볼 수 있는 얼굴일지도 모른다.

나는 허은의 동면이 끝나면 오키나와에 가기로 마음을 먹었는데 앞으로 할 일들을 생각하다보니 내가 하는 일과 나를 조금은 분리시켜 볼 수 있었다. 아마 가이드 일을 정기적으로 하는 사람들은 나름의 요령이 있을 것이다. 다른 모든 일들처럼 말이다. 자격증을 따기 위해 정해진 실습 시간을 채워야 했을 때 만났던 가이드 한 분은 시간표를 분 단위로 짜둔다고 하였다. 동면자의 상태를 체크하기 위해서가 아니라 그 사이사이 자신을 돌보기 위해서였다. 아니면 뜨개질을 한다고 하였다. 나도 처음에는 뜨개질을 시도해보았는데 아무튼 사람마다 안 되는 것이 있었고 뜨개질은 곧 관두게 되었다. 뜨개질 책을 살 때 같이 사본 종이접기 책은 지금도 가끔 펼쳐보지만 말이다. 그때 같이 실습을 했던 친구는 연극배우였는데 그 친구는 대본 읽기와 스쾃을 번갈아 할 것이라고 했다. 나는 그때그때 애매하게 할 일들을 하다가 말다가 다시 했는데 가끔은 목소리가 울리듯 컸던 연극배우 친구가 생각났다. 어두운 밤 환한 아침 조용한 방안에서 스쾃을 하는 사람.

부산에서 싼 비즈니스호텔로 예약할 것이라는 말을 몇 번 했는데 결국 우리는 누구의 뜻이었는지 어떤 흐름이었는지 헷갈리지만 허은의 전남편의 오피스텔로 가게 되었다. 그곳에 허은의 전남편이 사는 것은 아니었고 그가 물려받은 건물 중 하나라고 했다.

— 부자인 줄은 알았는데 정말 부자였네.
— 이혼했잖아 근데.
— 말릴 걸 그랬나.
— 뭐래는 거야.

  정확히 우리가 어떤 곳에서 묵게 되는지 알게 된 것은 부산에 가기 이틀 전이었는데 부산역에서 걸어갈 수 있는 복층형 오피스텔이라는 설명을 듣고 아예 나한테 임대를 하라고 할까 하다가 아니야 너무 비쌀 거야 안 비싸다고 해도 그건 너무 귀찮은 일이겠지 아니 안 비쌀 리가 없다는 생각을 하다가 그래 정말로 마음을 먹고 집을 구해야 해 다시 집을 구해야 한다는 어려운 과정에 대해 생각을 했다. 아무튼 이혼한 친구의 전남편의 오피스텔을 여행지 숙소로 쓰는 것에 대해 할 수 있는 농담을 하다가 기차표를 예약했다. 허은은 미리 가 있겠다고 해서 우리는 부산역에서 만나기로 하였다. 역에서 만난 우리는 그래도 이런 걸 해야지라는 기분으로 돼지국밥을 먹고 주차된 차를 타고 오피스텔로 향했다. 바다가 보였고 부산에 자주 와도 바다는 늘 새삼스러웠다.

— 이상한 이야기를 하게 될지도 몰라.
— 뭐가?
— 그 오피스텔이 되게 넓거든?
— 그게 이상한 이야기야?

허은은 그렇게 이상한 이야기는 아니라고 말하며 운전을 했다. 나는 허은의 고양이 차미에 대해 물었다. 허은은 근처에 사는 친구가 방문 탁묘를 해주기로 했다고 말했다. 허은이 동면하는 동안 나는 허은의 고양이와 옆방에서 생활하였다. 몇 달 만에 나를 만나면 차미는 나를 알아볼까? 개들은 고양이들은 혹은 아주 어린 아이들은 몇 달 만에 만나는 사람들을 기억하는 걸까 생각하다가 아니 기억을 못해도 다시 친해지면 되지.

왼쪽으로 여객터미널 간판이 보였다. 길에 걸어다니는 사람은 없고 큰 건물들만이 들어선 곳이었다.

트렁크를 들고 꽤 커 보이는 건물로 들어갔다. 은은 익숙하게 번호 키를 누르고 엘리베이터를 탔다. 오피스텔은 과연 넓었는데 은은 위층을 쓸 테니 아래층을 편하게 쓰라고 말했다. 트렁크를 눕혀놓고 바로 쓸 편한 옷과 화장품을 꺼내놓고 소파에 누웠다. 여기 천장이 넓다, 고 말했지만 위층의 은은 답이 없었다. 정말 며칠 뒤부터는 부동산을 찾아다니고 그러다 괜찮으면 계약을 하고 부산에서 살게 되는 것일까. 낯설고 조금 지나치게 넓은 느낌의 이곳은 있을 것은 다 있지만 사람이 사는 느낌은 거의 없다는 생각을 했다. 어느새 내려온 허은은 새로 사 온 건지 전기 포트를 상자에서 꺼내서 씻고 물을 끓였다.

— 왼쪽에도 방이 하나 있거든?

허은은 내 등뒤를 가리키며 발로 슬리퍼를 미끄러지게 찼다. 허은이 보낸 슬리퍼를 신고 방문을 열고 들어가자 이 집 구조가 어떻게 되는 거야? 의문이 들게 하는 폭이 좁고 길이가 긴 형태의 방이 보였다. 방에는 간이 책상이 붙어 있는 의자 다섯 개 정도가 나란히 줄지어 깔려 있었다. 대체 무슨 용도로? 미심쩍어하면서도 조금 재미있다는 생각으로 맨 앞 줄 의자에 앉았다. 양손에 커피를 든 은은 내 의자에 달린 책상 위에 커피를 내려놓고 나갔다. 커피를 마시면서도 왠지 졸린 방이라는 생각이 들었고 부산에 온 것이 피곤했는지 졸다 깨다를 반복하다 안 되겠다는 생각이 들어 겨우 일어나 방에서 나왔다.

　—근데 뭘 꼭 해야 하는 건 아니지?
　—뭐가?
　—나는 집 구하는 것 말고는 지금 아무 생각이 안 들거든.
　—너 졸리나보네. 글쎄, 회는 먹어야 하지 않을까?

　나는 웃으며 소파 위 쿠션에 고개를 묻었다. 조금만 잘래. 오피스텔 안을 살피던 허은은 여기 뭐가 있긴 있다며 담요를 꺼내주었다. 볼륨을 줄여 낮은 텔레비전

소리로 저건 요리 프로그램인가 잠깐 생각하는데 얼굴
위로 창에서 들어오는 햇볕이 느껴졌다. 아직 봄이지
만 여름은 올 것이다. 아이들이 봄소풍을 가는 날씨 같
다고 생각하다가 도마를 두드리는 낮은 칼소리를 듣다
가. 꿈에서 어떤 남자는 나를 향해 당신이 앉아 있던 곳
은 김해발 하네다행 ANA 기내 안입니다. 당신이 졸렸
던 이유는 당신은 ANA 기내 안에 있었기 때문입니다.

— 저는 비행기를 타면 책을 읽는데요?
— 백 번을 타보면 마음이 바뀌지 않을까요? 공기는
희박하고 사람들은 잠이 듭니다.

나는 김해발 하네다행으로 세밀하게 구성된 공기와
온도와 습도 안에서 DUTY FREE라고 금박이 박힌 무
가지를 보았다. 사고 싶은 향수의 설명을 다섯 번쯤 반
복해서 읽었다. 베르가못과 시트러스가 가미된 이 향
은 진취적인 도시 여성을 위한…… 보틀은 그 사람의
회화에서 영감을 받아 디자인되었으며…… 옆자리에
탄 사람은 로완 앳킨슨의 미스터 빈 시리즈를 보았고
미스터 빈 시리즈는 어쩐지 전생 같다. 나는 은행에 다

니는 직장인이고 은행 업무가 끝나면 욕조에 몸을 담그고 나와 유자 향이 나는 보디로션을 바릅니다. 긴장을 풀고 싶을 때는 미스터 빈 시리즈를 보는데요. 그러니까 올해가 언제냐면요. 우리 은행 창사 삼십칠 주년이 되는 해인데…… 우리는 집중하고 연구해서 정해진 공간을 만들어낼 수 있습니다. 미세한 조건들을 조정하여 만든 김해발 하네다행 ANA의 기내에 오신 것을 환영합니다. 인천발 나리타행 아시아나 기내와 이곳의 차이점은…… 차이점은요!! 차이점은? 차이점이 뭔데요????? 남자는 부드럽게 웃으며 멋있는 척을 하였다. 뭐냐구요? 뭔데요? 나는 묻고 남자는 여전히 웃음을 띤 얼굴로 말이 없었다.

— 아직 저녁 시간 아닌데. 더 자도 돼.

요리는 완성되어 패널들이 시식을 하고 있었다. 나는 김해발 하네다행을 검색해보았는데 김해공항에서는 하네다로 가지 않는대. 나리타행만 있었다. 하지만 있으면 있을 것 같은 없을 리가 없는 일처럼 여겨지기도 했다. 김해발 하네다행은 존재하지 않는다고는 말

할 수 없는 부정기적으로 나타나는 현실 같다. 작년 3월
에 실재한 일, 올 11월에 이 주간 존재할 공간같이 여겨
졌다.

  ─ 나가지 말까?
  ─ 귀찮아졌지? 같이 자지 그랬어.

  허은은 대답은 안 하고 웃기만 했다. 나가자 아냐, 나
가지 말까? 하다가 내가 누웠던 자리로 기대 눕는 허은
을 보고 자리에서 일어났다. 다시 물을 끓여 커피를 내
려 나눠 마시고 우리는 옷을 챙겨 입고 나왔다.

  자갈치시장은 사람이 많을 것 같아 더 작은 회 타운
으로 갔다. 이전에 여기 가본 적이 있었는데라는 감에
의존해 엘리베이터를 타고 43호 38호 45호 사이를 헤
치며 비슷비슷한 이름들 사이에서 몇 년 전 본 아줌마
아저씨의 얼굴을 기억해내려 애쓰다 뭔가 저분 같은데
맞는 것 같은데 생각할 때 눈이 마주친 사장님의 손짓
에 불려가 앉았다. 그러고 보니 겨울도 지났는데 회를
먹는 것은 좀 아닌가 생각하다가 금방 나오는 당근과

땅콩을 먹다보니 지금 제일 좋은 걸로 해주세요 주문
을 하고 이어서 나오는 반찬들에 아무 생각이 없어졌
다. 회가 나오고 말이 없어진 두 사람은 조용히 회를 먹
고 맑은 지리를 먹고 조용히 맛있다는 말만 하며 한참
을 먹다가 맥주와 사이다를 주문해서 마셨다.

— 금방 다 먹었네. 진짜 말도 없이 막 먹었다.

은이 잔에 남은 맥주 한 모금을 넘기며 말했다. 이 말
을 신호처럼 은은 곧이어 일어나 계산을 하러 나갔다.
은이 회를 사고 나는 내일 내가 살게 말하고 문 앞에서
잘 먹었습니다 고개를 숙이자 은이 그래 그래 어른처
럼 인사를 받았다. 나는 또다시 재작년인가 삼 년 전엔
가 가봤던 것 같은 느낌에 의지해 남포동 골목 어딘가
에 있던 오래된 카페를 찾아냈다. 머리를 바싹 깎은 마
른 남자는 여전히 시큰둥한 표정으로 커피를 내리고
있었다. 뜨거운 블렌드 커피와 밀크티를 시키고 우리
는 마치 이 정도의 시간이 흘러야 실감이라는 것을 할
수 있었다는 듯이 와 우리 부산에 왔네 갑자기 왔네 회
도 먹고 부산에 왔네 웃으며 이야기를 주고받았다.

— 너 오키나와도 간다며.

　— 갈 거야.

　— 언제?

　— 아직 안 정했는데 좀 정리되면 가려고. 가긴 정말
갈 거야.

　처음 오키나와에 갔을 때는 십 년도 더 전의 일인데
그때는 직항이 없어서 후쿠오카에서 갈아타고 갔었다.
공항에서 내리자마자 훅하고 다가오는 무거운 공기가
느껴져 왠지 웃음이 났다. 정말로 무겁고 높은 온도의
공기이다. 책에서 읽었던 무겁고 뜨거운 공기라는 설
명을 마치 끓는 물을 손에 댔을 때 뜨거워라고 소리 지
르게 되는 것처럼 실감했다. 김해발 하네다행 ANA를
만들 수 있다면 나하공항의 블루실 아이스크림 가게도
만들 수 있나요? 글쎄요 그렇게 외부 조건에 민감한 형
태는 어렵다고 할 수 있겠지요. 어떨 때는 태풍의 가운
데에 있고 장마가 지속되고 해가 따가울 정도로 내리
쬐는 가운데. 우리가 몰두하는 것은 계량화되고 조직
화된 실내입니다. 그런데 나하공항에 블루실 아이스크

림 가게가 있나요? 없을 리가 없다고 생각되는 곳들이 정말 실재하는 것인가요? 나는 꿈에서 본 잘 다듬어진 남자의 웃음을 떠올려보았다. 어려운 일이 없고 있었으나 잘 지나갔고 앞으로 어려움이 닥쳐도 내가 가진 힘으로 나는 그것을 손바닥에 올려놓고 잘 해결할 수 있을 것이라는 자신감이 보이는 얼굴을 나는 놀리고 싶었다. 싫은 것은 아니었지만 말이다.

주인은 작은 냄비에 밀크티를 끓이고 있었고 먼저 나온 커피를 내게 주었다. 허은은 내일 약속이 있는데 같이 가지 않겠느냐고 물었다.

─누구 만나러 가?

은이 만난다는 사람은 선생님이었다. 그러고 보니 선생님이 부산에 산다고 했었지. 아주 오래전 일도 아닌데 한동안 잊고 있던 이름이라 반갑기도 어색하기도 했다. 선생님은 대학 때 만나 이십 년 넘게 함께 살던 부인과 이혼하고 제자와 결혼해 아이를 낳고 부산에서 살고 있다고 하였다. 은은 선생님과 만나자고 정확히 약속을 한 것은 아니고 근처 카페에서 커피를 마실 건데 시간 되시면 뵙자고 말했다고 한다. 선생님의 부인은 아직 이십대라고 하였고 가끔 선생님들은 정말 어떤 젊은 여성들과 아이를 낳는다. 여성들이 선생님들에게 아이를 낳아주는 것도 아니고 선생님들이 여자들과 아이를 낳는 데 어떤 일을 하는 것도 아니고 세상에는 선생님들이 있고 여자들이 아이를 낳는 일이 있겠지만 그런 생각을 하다보면 나도 아이를 낳고 싶은 것일까? 낳고 싶었던 것일까? 그보다 나의 욕망은 나도 나들이 있고 여자들이 있는데 거기에 어떤 논리와 관계가 있는지 모르겠지만 어떤 어리고 씩씩한 여자가 나의 아이를 낳아주기를 바라는 것일까? 아니면 어떤 어리고 순한 남자가 아이를 낳아주기를 바라는 것일까. 은은 아이를 유산하고 별거를 하고 동면을 하였다. 각각의 일들이 연관이 있기도 없기도 할 것이다. 은은 일을 많이 하고 워커홀릭이고 오래 함께 일하던 직원이 개인 사정으로 퇴사를 하였고 이웃과 사소한 시비로 일 년가량 소송을 진행했고 일이 해결된 후 동면을 하였다. 이 각각의 일들도 연관이 있기도 없기도 할 것이다. 은은 아이를 원한다고 말했다. 어쩌면 시간이 조금만 더 지나면 여자의 신체를 통한 임신이라는 것은 점점 더 사라지게 되지 않을까? 은은 동면을 하기 전 그런 이야기를 했었다. 동면이 가능해진 것처럼 임신이라는 것도 신체를 통하지 않고 가능해질 수 있겠지. 임신을 경험한 신체가 구형 신체로 분류될 수도 있을 것 같아. 그런데 나는 그걸 겪어보고 싶다고 생각해. 나는 받아들일 수 있는 것들을 받아들여보고 싶어. 우리는 그러나 세상의 많은 것들이 가능해져도 임신은 여성의 신체를 통해 진행될 것 같다는 이야기도 하였다. 은은 무엇이든 일단 원하는 것을 겪어보기를 선택하는 사람이었다. 그렇다면 나는? 아, 그런 것이 있었지라고 생각하는 사람인 건가.

은은 밀크티가 맛있다며 두 잔을 마시고 나도 그 속도에 맞춰 커피 한 잔을 더 마시고 둘 다 카페인 하이의 상태로 세상의 모든 과업을 해치울 수 있을 것 같은 느낌으로 남포동에서 중앙동으로 부산역으로 걷다가 저편에 바다가 있네 차갑고 짠 바람을 맞으며 걸었다. 날씨는 따뜻하지만 바람은 거세고 하지만 이건 추운 것과는 다른 것 같다고 생각했다. 잠을 충분히 잔 것도 아닌데 마셔댄 커피 때문에 눈은 또렷하고 왠지 잠이 잘 안 올 것 같아. 우리는 찬바람을 옷에 묻히고 돌아왔다.

— 저 방에는 왜 저렇게 의자가 많은 거지?
— 여기가 원래는 남동생 집이래.
— 그럼 남동생은?
— 근처 다른 데서 살고 여기는 가끔 쓰는 곳인가봐.
— 진짜 부자네. 나 하나만 달라고 해봐.

이런 농담은 농담인데도 왜 말을 내뱉고 나면 기분이 좋아지는 거지? 완전히 농담인 것을 알지만 아주 잠깐 삼 초 정도 누가 나에게 이 오피스텔을 가지라고 주는 것을 뇌의 어딘가는 가정하고 있나봐. 말은 무섭고 말은 좋다. 뇌는 대단하고 뇌가 정말 좋다. 우리는 선생님을 만나기로 한 동네 근처에 간짜장이 맛있는 집이 있다는 것을 검색하고 간짜장과 뭘 시키지? 이야기하고 눈은 여전히 또렷하고 선생님은 부산에서도 학생들을 가르치는가봐. 잠깐 선생님에게 들었던 수업을 떠올렸다. 선생님은 그때 우리가 배우기를 원한다면 무언가를 알기를 원한다면 그를 위해서 어쩌면 팔 한쪽

을 내줘야 하는 것일지도 모른다는 말을 했었다. 정말
로 배운다는 것은 그런 일일지 모릅니다. 나는 그 이야
기를 정확한 사실처럼 의심 없이 받아들였던 것 같다.
굉장히 좋은 책을 읽을 때마다 나는 선생님의 그 말을
떠올렸다. 텔레비전을 틀어놓고 미국 특수 수사대 시
리즈를 보고 저렇게 영원히 지속되는 것 같은 세계가
좋아. 나란히 앉아 집중해서 범인을 쫓다보니 배고파
진 우리는 왠지 이런 곳에 왔으니라는 느낌으로 치킨
을 시켰다. 언제 저녁을 먹었냐는 듯이 양념치킨과 치
킨무를 먹으니 왠지 너무 늦지 않게 잠들 수 있을 것 같
았다. 샤워를 하고 집에서 챙겨온 배스솔트를 풀고 몸
을 데우다가 그래서 이곳은 홀리데이 인 클리블랜드
오하이오로, 당신은 클리블랜드 공항에 가기 위해 잠
깐 이곳에 묵은 것입니다. 저녁은 웬디스에서 샐러드
와 프렌치프라이와 바닐라프로스티를 먹고 돌아와 침
대에서 씻지도 않고 잠깐 잠이 들었다가 일어나 욕조
에 몸을 담근 것입니다. 배스솔트는 히노키였는데 왠
지 Hinoki라고 읽어야 할 것 같았다. 내일은 오전중에
만 일어나면 되겠지 생각했다. 집중해서 집을 구해야
지라고 생각했는데 하루 만에 왠지 휴식의 기분에 완

전히 젖어버렸다는 생각이 들었다. 정말로 몸을 옮기면 모드가 바뀌는 것일지도 모르겠고 그렇다면 며칠 뒤에는 부동산 앞으로 나를 옮겨버려야 했다.

바닥 공사를 따로 했다는 오피스텔은 생각보다 따뜻했고 머리를 말리며 허은의 부자인 전남편과 부자인 전남편의 남동생과 부자인 허은의 전 시아버지와 역시 부자일 허은의 전 시할아버지를 생각했다. 이 집 주인일 남동생은 정말로 특별히 하는 일이 없다고 하였다. 미국에서 미술사를 전공하고 부산에서 산책을 한다고 하였다. 뭐라고 산책을 한다고? 가끔 영상을 찍는대. 잠수함이나 유람선 같은 정해진 실내를 찍는 일을 하는데 어쩌다 영화제에 상영이 되기도 하나봐. 마치 십 몇 세기 유럽의 화가 이야기를 듣는 것처럼 어 정말 남 이야기인데 뭔가 관계로 보면 아주 멀지는 않은데 너무나 먼 이야기처럼 들리니까 웃기다. 나도 몇 번 만난 적은 없어. 얼굴도 이제 잘 생각이 안 나.

— 의자가 그래서 많은 건가?
— 암튼 남동생이 갖다놓은 건가봐.

─신기하네.

　얼굴과 몸에 바를 것들을 바른 우리는 다시 미국 특
수 수사대 이야기에 빠져들었고 허은은 어느샌가 위층
으로 올라가 잠이 들었고 나는 두시가 넘은 것을 보고
텔레비전을 껐다.

　쓸데없이 일찍 일어난 둘은 대충 씻고 나와 맥모닝
을 먹었다. 핫케익과 진한 커피가 우리 앞에 놓이고 버
터를 바르고 메이플시럽을 뿌리고 단것을 먹고 커피를
마시고 잠이 완전히 깼다. 점심을 먹기에는 시간이 남
을 것 같아. 우리는 천천히 모든 골목을 짚어나갈 듯이
보수동을 향해 걸었다. 시장을 지나 이런저런 구경을
하다보니 열한시가 넘었고 중국집에 가 간짜장과 탕수
육과 군만두를 시켜 나눠 먹었다.

　─선생님이 어색하지는 않겠지?
　─못 만날 수도 있으니까 너무 생각하지 마.
　─그런데 만나고 싶다는 생각이 들기도 해.

은은 그러게 나도 왠지 궁금해져서 연락을 하고 싶더라고 말하며 탕수육을 먹었다. 옆자리의 아저씨는 주말인데도 회사에서 근무를 하신 것인지 정장에 깔끔한 구두 차림으로 앉아 간짜장과 삼선짬뽕을 시켜 눈앞에 두 그릇을 두고 천천히 한 젓가락씩 먹고 있었다. 흐트러지지 않은 자세로 짜장면과 짬뽕을 깨끗이 비워나가는 모습을 우리는 몰두해서 보았다. 십오 분 정도 걸려서 두 그릇을 다 먹은 것 같았다. 그게 마치 묘기처럼 대단해 보였다. 우리는 눈빛으로 되게 멋있다고 말하며 남은 음식들을 저 사람처럼 우아하게 먹어야지라는 마음으로 먹었으나 배불러서 군만두를 몇 개 남길 수밖에 없었다.

보수동에서 헌책을 좀더 구경하다가 약속 장소가 될지도 모를 카페로 가 커피를 시켰다. 선생님은 얼마 전이곳에서 주민 대상 강의를 했는지 관련 안내문이 카페 안에 붙어 있었다.

—너희는 아직도 붙어다니니?
—꼭 그런 건 아니에요.

선생님이 전혀 변하지 않았다고 생각했는데 선생님도 보자마자 너희는 왜 그대로니 말했고 우리는 모두 거의 동시에 선생님도-너희도-아니-왜-다-그대로니 말했다. 선생님과 아이. 저 사람에게 서너 살의 아들이 있다는 것이 왠지 그려지는 듯도 했다. 여전히 환한 해가 창을 통해 들어오고 있었고 선생님은 입고 온 재킷을 벗어 의자에 두었다. 우리는 가장 마지막으로 극장에서 본 영화 이야기를 했고 각자의 업계 이야기를 했고 저는 부산에서 일하게 될지도 몰라요 말했다. 우리 셋은 무난하고 좋은 대화를 했고 서로를 좋아하고 나는 선생님에게 배운 것이 많았고 선생님을 좋아하지만 왠지 이제 만날 필요가 없는 사람처럼 순간 느껴졌다. 왜 그런 생각이 들었지 생각하다가 집중하기가 힘들어 커피를 한 잔 더 주문했다. 별로 그렇게 나쁜 생각은 아니지 들켜도 상관없다는 생각이 들었다. 지금 하는 생각들 중에 들킬 수 없다고 들키고 싶지 않다고 감추고 싶은 것도 사실 없었다. 그런 방식으로 자신에게 집중하고 몰두하는 것도 어떤 한 시기의 일 같다고 느껴졌다. 선생님은 일이 있어서 곧 가봐야 한다고 나가셨고 밥을 못 사줘서 미안하다고 오래 머무르게 되면 연락하라고 하셨다.

— 우리는 뭐 먹어야 하지?
— 그냥 지나가다 보이는 데서 밥 먹자.
— 귀찮으면 떡볶이 같은 거 사 가자.

매일매일 머리를 맞대도 우리는 무엇을 먹을지 정해진 시계처럼 먹을 것들 앞으로의 먹을 것들을 생각하게 되었다. 몇 번을 더 함께 먹게 될까? 낙지볶음과 멸치쌈밥을 함께 먹자고 혼자서 정했다. 그 외에는 흘러가는 대로 해야지. 낙지볶음과 멸치쌈밥을 안 먹어도 돼. 그것도 흘러가는 대로 해야지. 나는 지금의 오후의 시간이 얼굴 위로 지나가는 햇볕이 그것이 마치 숫자로 정해지고 무게와 부피가 계량이 되는 것처럼 정해진 것처럼 내 앞에 쏟아지고 있는 것 같았고 시간은 흐르는 것 같지 않고 정해진 곳에 나와 은이 있고 우리는 나이를 먹지도 죽지도 않을 것처럼 순간 여겨졌다. 선생님이 갑자기 옷을 두고 갔다고 다시 우리에게 다가왔고 그게 신호처럼 나와 은은 일어나 얇은 막처럼 우리를 감싸고 있던 오후의 햇볕을 통과하여 나왔다. 문을 열고 다시 그 문을 닫고 거리로 나서면 나는 영원히 걸을 수 있을 것 같은 기분이 들었고 손을 흔들고 우리는 눈앞에 펼쳐진 길을 걷기 시작했다. 영원히 걷다간 짐승이 될 것이고 짐승이 된다면 치타가 될 것이다. 그렇게 건물 사이를 밤에 어슬렁거리겠지 생각하며 걸었다. 돌이킬 수 없는 일은 없어 돌이킬 수 없는 일은 없어 돌이킬 수 없는 일은 없다고 속으로 그런 노래를 지어서 불렀는데 옆에서 은이 내 얼굴을 보면서 너 또 이상한 생각하지 얼굴에 다 보인다니까 웃었다. 어떻게 안 거야? 나는 아무 소리도 안 냈는데.

아침 일찍부터 일어난 우리는 숙소로 돌아와 낮잠을 잤다. 여전히 날씨는 봄소풍의 날씨이고 지나가다 한두 그루 서 있는 벚나무들도 보았다. 아직 피지 않고 매달려 있는 꽃들을 보았고 돌아오는 길에는 다대포에도 지하철역이 생겼다는 것이 기억이 났다. 저녁을 먹고 밤바다를 볼까 내일 바다를 볼까 담요를 덮은 채로 생각하다가 밤이나 내일이나 아무때나 바다 보러 갈까. 어 맘대로 해 위에서 대답이 들리고 잠을 자고 꿈을 꾸면 또 어디에 있다고 너는 어디에 있다고 누가 말해 주나. 약간 기대하면서 잠이 들었다. 나는 갈 수 있다면 반환 전의 홍콩에 가보고 싶다고 생각하면서 잠이 들고 옆에서는 그 사람이 그렇게 넓은 곳은 만들 수 없어 반환 전 홍콩의 어디를 말하는 거야 말하고 나는 어딘가 도시라면 그런 곳이 있겠지요. 도심이 보이는 너무 비싸지 않고 더럽지 않은 호텔이요. 홍콩은 비싸서 의외로 드물지 몰라. 하지만 분명히 있다고 정하고 잠이 들었다. 일어나면 또 중국음식을 먹어야지. 배고픈 기분이 들었다.

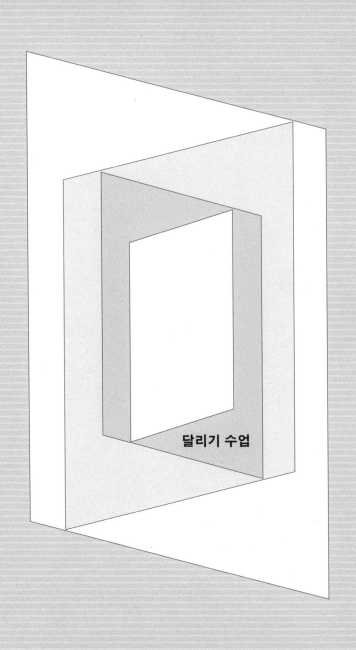

달리기 수업

사십 일간 온양에서 가이드로 지내며 꾸준히 했던 일 중 하나는 달리기였다. 달리기를 하며 알게 된 것들에 대해 잊기 전에 써두어야겠다는 생각이 들었다. 우선 기억나는 것들을 간단히 남겨본다.

가이드가 하는 일을 간단히 설명하면 동면을 하는 사람들이 무사히 동면을 마치도록 돕는 일이다. 이를 위해 동면 기간은 물론이고 동면 전후 동면자들의 건강을 확인하고 필요한 조치를 취하는 일을 한다. 동면이 시작되면 가이드는 동면자의 상태를 정기적으로 등록된 의료기관에 보고하게 되어 있다. 이는 동면자의 안전을 위함도 있지만 가이드가 약속대로 업무를 수행하고 있다는 것을 알리는 역할도 한다. 보고 절차는 간단해서 예약 후 진행한다면 십 분 정도면 끝이 났다. 그 외에 해당 지역에서 활동하는 가이드들끼리는 삼 인 일 조가 되어 매일 간단한 알림을 서로에게 전송한다. 이는 의무는 아니지만 가이드에게 위급한 일이나 사고가 생길 경우 다른 가이드들이 신고를 하거나 의료기관에 동면자와 가이드의 상황을 알려 필요한 대응을 하기 위해서였다.

태식은 내가 온양에 있을 때 알게 된 동료 가이드였다. 그의 고향은 대전인데 부모님이 은퇴 후 온양에서 살고 계시다고 하였다. 나는 이전에도 가이드 일을 몇 번 했지만 그때는 모두 서울이었고 근처에 종합병원이 있었기 때문에 다른 가이드들의 도움 없이 혼자서 일을 했다. 하지만 이런 경우는 드물고 보통은 비슷한 지역의 가이드들끼리 알림을 주고받으며 일하는 경우가 많다고 들었다.

가이드의 세계도 다른 모든 직업인들의 세계처럼 각각 달랐다. 이는 동면 의뢰인들이 각자의 직업을 가지고 각자의 세계에 살고 있는 사람들이기 때문일 것이다. 동면 기간이 짧은 이들을 중심으로 하루에 세 사람이상 관리하며 쉴 틈 없이 일하는 가이드들도 있었고물론 쉴 틈 없이 일한다고 하여도 동면을 하는 사람을상대하는 일이니 상대적으로 다른 일보다 여유가 있다고 말할 수 있을지도 모르겠다. 반면 나처럼 비정기적으로 어느 정도 아는 사람들의 동면만 맡는 사람들도많았다. 어쩌면 수적으로는 나와 비슷한 근무 형태의가이드가 가장 많을지도 모르겠다. 동면자가 까다로우며 경제적 여유가 있는 경우 간호사 자격, 응급구조사자격을 요구하는 경우도 있었다. 나이는 삼사십대여야하며, 지정된 병원의 종합건강검진을 요구받기도 했다. 그들이 가이드들에게 어느 정도의 돈을 지불하는지는 알 수 없었지만 내가 받는 금액과는 크게 다를 것이라는 것은 짐작할 수 있었다. 비슷한 조건에서 일하는 것처럼 보여도 각자 접하는 현실은 다르고 어디서무슨 일을 하든 각자가 느끼는 현실감은 다를 수밖에없을 것이다.

아무튼 태식은 내가 처음 만난 동료 가이드였다. 삼

인 일 조라고 하여도 보통의 경우는 '문제없음' 알림만 주고받기 때문에 서로 대면하여 만나는 일은 드물었고 대화를 나누는 일도 드물다고 들었다. 알림은 원할 경우 위치를 설정할 수 있었는데 나는 위치를 꺼두는 쪽이었다. 그렇게 알림은 가이드들이 설정하거나 꺼둔 위치와 함께 저녁 여덟시에 오갔는데 나는 그때 늘 근처 운동장에서 달리기를 했고 태식의 알림은 늘 내가 뛰는 운동장으로 표시되어 있어서 나는 태식이 누군지 알 수밖에 없었다. 어느 날 먼저 인사를 한 이후로 우리는 종종 함께 달리고 이야기를 나누게 되었다. 그게 아니더라도 그 시간에 운동장에 나와 뛰는 사람은 나와 태식 가끔 동네 주민 한두 명과 개 한두 마리가 다였고 어떨 때는 우리 둘뿐일 때도 종종 있었으니 그가 가이드가 아니었더라도 어쩌면 같이 뛰는 사람으로서 이야기를 주고받게 되었을지도 모르겠다. 원래 축구 선수였던 태식은 부상 이후 선수를 그만두고 서울의 대학원에서 재활학을 공부하고 있다고 하였다. 보통은 방학 때도 서울에 있는데 이번 방학은 온양에서 쉬며 가이드 일만 하고 있다고 했다.

—발뒤꿈치에 너무 힘을 주면서 뛰면 나중에 힘이
들 수 있어요.

—그래서 속도가 안 나는 건가요?

—속도의 문제는 아니고 충격을 크게 받아 부상 위
험이 생기는 거예요.

나와 태식은 만나면 달렸고 잠시 쉴 때에는 달리기
이야기를 하였다. 각자의 이야기를 안 했던 것도 아니
고 동면자들의 이야기를 안 한 것도 아니지만, 동면을
하고 있는 사람에 대해 자세히 말하는 것은 가이드의
원칙에 어긋나는 일이었기 때문에 꺼려졌고 그것은 태
식도 마찬가지였다. 태식은 자신보다 열 살 가까이 많
은 남성의 가이드 일을 하고 있다는 정도를 말했고 나
는 동면자가 내 또래라고만 말했다. 무엇보다 내가 매
일 하는 것은 걷기와 달리기였고 매일 뛰다보니 뛰는
것에 관해 할 말이 궁금한 것들이 조금씩 생기기 시작
했다. 나는 그런 이야기를 태식과 함께했다.

—중요한 것은 공중에 떠 있는 시간이에요.

—공중에 떠 있는 시간이요? 공중이요? 공중?

— 네. 그러니까 두 발을 지면에서 떼고 있는 시간? 계속 발을 빠르게 움직여 뛰면 힘이 들고 오래하기 힘들잖아요. 한 번 뛸 때 무릎을 높이 올려 발을 한 뼘 더 멀리 내민다고 생각하시면서 뛰어보세요.

태식은 전설적인 달리기 선수들을 예로 들며 그 사람들은 보통 한 번에 몇 초씩 공중에 떠 있다고 말했다. 물론 저도 키가 아주 큰 건 아니어서 그렇게 오래 떠 있지는 못해요. 키의 영향은 분명히 있지만 중요한 것은 빨리 움직여서 빨리 뛰는 것이 아니라 높이 뛰어서 한 뼘 더 멀리 나가는 거예요. 태식은 낮은 목소리로 빨리, 움직여서, 빨리, 뛰는 것이 아니라 이런 식으로 휴지를 두고 천천히 말했는데 그러다가도 함께 뛸 때면 옆에서 손뼉을 치며 좀더 높이(짝) 높이(짝) 높이(짝) 높이(짝) 하고 빠르게 외쳤다. 그럴 때 온 힘을 다 쓴다는 느낌으로 무릎을 높이 올리려 애쓰며 뛰었고 그 느낌은 생생하면서 후련했다. 이전에 운동을 했을 거라는 것을 알아차리기 힘든 느낌의 사람이었다. 물론 어떤 사람이 운동선수였을 거라고 짐작하기란 원래 쉬운 일이 아닐지 모르겠다. 태식은 스포츠센터에서 마주치는 트레이너들과는 다른 느낌의 사람이었는데 키가 아주 크거나 근육이 많아 보이는 것도 아니었고 약간 큰 키에 마른 편이었지만 평범한 체형에 조용한 인상이었고 실제로도 아주 낮은 목소리로 달리기에 관해 설명할 때 빼고는 거의 말이 없었다. 달리기를 할 때도 운동화만 갖춘 채 긴 패딩 점퍼에 운동복이 아닌 면티, 적당히 편해 보이는 바지를 입고 와서 가볍게 뛰었다. 하지만 그가 선수였다는 것은 함께 뛰어보면 알 수 있었는데 나의 뒤에서 이야기하던 사람이 어느새 조용히 나를 앞질러 먼 곳에서 뒤돌아보며 웃고 있었고 반바퀴 차이 나는 곳에서 뛰고 있는 것을 보고 손을 흔들어 인사를 하고 나면 금세 옆에서 목소리가 들렸다. 우리는 보통 간단히 스트레칭을 하고 운동장을 뛰었다. 그러다 뭔가 생각을 오래하고 싶은 날에는 혼자 은행나무가 심어진 천변 길을 따라 걷다가 뛰다가 다시 천천히 걸으며 앞으로의 일들에 관해 생각을 했다. 혼자 뛸 때는 뒤꿈치를 살짝 떼고 뛰는 것을 기억하며 뛰었고 그러다 어느 정도 뛰기 시작하면 무릎을 좀더 높게 발을 한 뼘 더 앞으로 앞으로 높게 높게 앞으로 높게 앞으로 높게를 생각하며 뛰었다. 이전에 뛰던 방식보다는 힘

이 더 들었지만 몸에 익자 속도가 조금씩 빨라지기 시
작했다.

뛰고 나서 호텔로 돌아와 운동할 때 입었던 겉옷들
을 벗어놓으면 침대 위에 있던 고양이 차미가 먀 하고
내려와 패딩이나 후드 집업의 모자 안으로 들어갔다.
차미는 마치 자기 자리를 찾은 것처럼 만족스러운 표
정으로 모자 안에 들어가 있었다. 씻고 나와 머리를 말
리고 옷을 갈아입고 옆방으로 가 동면중인 친구 은의
상태를 자기 전 마지막으로 체크하고 스트레칭을 하였
다. 가끔 조용히 텔레비전을 보았고 그러다 텔레비전
을 켜둔 상태로 『티보가의 사람들』을 이어서 읽었다.
배경음악처럼 켜둔 텔레비전에서 나오는 목소리가 가
끔 소설 속 자크의 목소리와 앙투안의 생각들과 겹쳐
지기도 하였다. 이전에 선생님이 헌책방에서 사준 아
베 고보의 소설은 세로쓰기로 된 오래된 것이었는데
그것 때문인지 매번 처음 한두 장을 펴고 역시 무척 재
미있다고 생각하면서도 더 나아가지가 않았다. 밥을
먹기 귀찮을 때는 시장에서 사 온 커다란 두부를 냉장
고에 넣어두고 반 모씩 먹기도 했다. 전기 포트로 끓인

물을 두부가 담긴 그릇에 붓고 두부가 데워지면 물을 비우고 간장을 뿌려 빵이나 떡과 함께 먹었다. 보통 때는 시장에서 죽이나 칼국수를 사 먹었고 맥도날드에서 햄버거를 사 먹기도 했으며 어떨 때는 호텔 식당으로 가 불고기를 사 먹거나 중국집에서 잡채밥을 사 먹었다. 불고기를 먹을 때는 어쩔 수 없이 은과 은의 남편을 잠시 생각했다. 알 수 없는 일이지만 그들은 다시 한 집에서 살게 될 것 같지 않았다. 밥을 많이 먹은 날은 더 오래 걸었다. 어느 날은 탕수육이 먹고 싶어 탕수육을 사 먹고 남은 것은 포장하여 배낭에 넣고 온양성당에 들러 잠시 성당 주변을 걷다가 민속박물관 상설 전시를 구경하다 천변가까지 걸었다. 왜 교회나 절은, 물론 그것이 교회나 절임을 알아볼 수는 있지만 대체로 제각각이고 서울 중심가로 갈수록 화려하고 거대해지는데 성당은 어느 곳의 성당이든 오래되고 단정한 느낌인가에 대해 잠시 생각했다. 아무런 지식이 없었다. 알 방법도 모르겠다. 온양성당 역시 그러하다는 것만을 다시 깨닫고 단정한 붉은 벽돌 건물 주변을 걷다 건물 가까이로 다가갔다. 성당에는 그곳의 역사가 간단히 설명되어 있었는데 온양성당의 전신인 방축리 공소가

설립된 것은 1920년 3월로 열 칸 정도의 함석집에서 성당은 시작되었다고 나와 있었다. 방축리 공소를 관할하는 공세리 본당의 4대 주임 콜랭 신부님께서 설립에 대비하여 1936년 1007평의 성당 부지를 매입하였다고 한다. 1007평은 열 칸의 몇 배 정도일까 잠시 생각하며 이어지는 설명을 읽었다. 1948년 7월 방축리 공소에서 온양 본당으로 승격되었으며, 초대 신부로 멜리장 베드로 신부가 부임하였다. 그러니까 일제강점기에 성당은 세워져 운영되었고 한국전쟁 휴전 후에 4대 주임 한도준 신부 때인 1956년 5월 성당 신축 공사를 착공하고 1957년 1월에 완공하여 봉헌식을 거행하였다고 되어 있었다. 그래서인지 한쪽은 구관 같은 느낌의 건물이었고 다른 한쪽은 새로 지은 건물 같은 느낌의 건물이었다. 나는 오래된 성당 주변을 걷다가 다음에는 안으로 들어가보아야겠다고 생각했다.

민속박물관 역시 성당처럼 벽돌로 된 건물이었다. 나는 내가 아주 어릴 때 그러니까 아홉 살 때 이곳에 가족 여행을 왔다는 사실을 알고 있다. 그 사실은 기억하고 있었으나 그때 무엇을 보고 들었는지는 기억나는 것이 없었다. 취사를 할 수 있는 숙소에서 아버지가 코펠에 밥을 짓고 김치찌개를 끓여서 함께 저녁으로 먹었던 것만 기억이 났다. 어린 나와 젊은 부모님은 민속박물관에 가고 무령왕릉에도 갔다. 무령왕릉에 간 것은 무령왕릉 앞에서 찍은 사진이 남아 있는 것으로 기억을 하고 있었다. 아마도 부모님은 무령왕릉이라는 것이 무엇인지 나에게 설명하려 애썼을 것이다. 황토색의 바닥과 붉은 갈색의 벽돌 건물은 어딘가 무령왕릉을 떠올리게 하였는데 박물관 입구의 리플릿을 보니 정말로 벽돌쌓기 방식과 색채는 무령왕릉을 모티브로 삼았다고 나와 있었다. 비가 온다는 예보는 없었는데 박물관 앞에서부터 작고 가벼운 빗방울이 떨어지기 시작하더니 박물관 안에 들어서자 빗방울이 유리문에 맺히고 빗방울 떨어지는 소리가 조금씩 들리기 시작했다. 표를 끊고 박물관 입구에 잠시 앉아 빗소리를 들었다. 건물 안은 편안하고 따뜻한 느낌이었고 나는 언제까지라도 이곳에서 시간을 보낼 수 있을 것 같았다. 해는 지지 않고 평일 오후의 시간은 지속되고 그 지속됨은 반복되고 나는 경조사도 없고 병원에도 가지 않고 직업도 소속도 없고 평일 오후 박물관에 앉아 있는 사람으로 언제까지라도 그렇게 지낼 수 있을 것 같은 기분이 들었다. 오늘처럼 겨울에 비가 많이 온다면 다음 날은 눈이 내릴 수도 있지 않을까 생각하며 자리에서 일어나 전시실로 들어갔다.

동면 전 허은이 읽어보라고 준 노트에는 먼 옛날의 사람들이 곰이나 개구리처럼 동면을 하였을 것이라는 가설이 기록되어 있었다. 허은은 그러한 가설을 다룬 아티클을 읽고 동면이 먼 인류에게 자주 나타났던 행동 패턴이라면 조금은 안심을 하게 된다고 적어두었다. 먼 옛날은 어느 정도의 옛날이었을까. 삼국시대 정도일까 백제는 문화적으로 발달한 나라였고 일본과의 교류가 활발했으며 겨울에는 동면을 하였을까 고구려는 영토를 넓혀나가며 그 기상을 알렸으며 추운 겨울 동면을 하였을까 생각하면서 한국인의 일생을 보여주는 전시물들을 보았다. 전시물들은 주로 조선시대의 물건들로 조선시대 사람들이 동면을 했을 것 같지는 않지만 아이가 탄생하면 배냇저고리를 입히고 나이가 차면 어른에 걸맞은 옷을 갖춰 입어야 하고 결혼 같은 중요한 의례에는 그에 맞게 옷과 차림을 준비했던 곳에서라면 동면에도 사회적으로 요구되는 차림이 있

었을지도 모르겠다는 생각을 했다. 흰 삼베와 모시는
소박하면서도 품위 있었다. 아이들은 태어나고 누군가
는 귀하게 여김을 받고 누군가는 그보다 못한 대접을
받고 계절과 절기를 중시하고 열다섯이 되면 어른으로
여겨지고 어른의 대접을 받고 혼례를 치르고 아이를
낳고 기르고 그러다 몸이 쇠약해진 누군가는 지극한
돌봄을 받으며 동면에 들어갈 것이다. 혹은 추운 산간
지방의 먼 조상들은 척박한 곳에서 사는 굳센 사람들
로 자연에 순응하며 살아가고 추운 겨울을 날 에너지
를 아끼기 위해 집집마다 늦여름부터 식량을 비축하고
집 구석구석을 정비하다 입동을 시작으로 동면에 들어
갈지 모른다. 그런 생각들을 하며 갓과 장옷, 여러 종류
의 합과 보자기를 보았다. 지금의 밥그릇보다 훨씬 큰
밥그릇과 차분한 색의 술잔과 찻잔 들. 전시를 보고 나
와 다시 잠시 의자에 앉아 붉은 갈색의 벽돌들을 바라
보았다. 비는 그쳐 있었고 겨울의 나무와 풀은 비를 맞
아도 색이 선명해지는 느낌이 없었고 그럼에도 땅에서
는 흙냄새와 비 냄새가 강하게 풍겼다. 천변가를 걸으
면서 가보고 싶은 곳 살고 싶은 곳들 해야 할 일들을 정
리하려 했지만 정리가 된다기보다는 생각이 이어지기

만 하였다.

가이드를 많이 하는 직업군 상위에는 언제나 예술가
가 있다는 이야기를 들었다. 소설이나 시를 쓰며 가이
드 일을 하는 사람, 레슨과 가이드 일로 생계를 꾸리는
연주자들도 많다고 하였다. 이전에 가이드 자격을 따
고 실습을 하러 갔을 때 나와 함께 실습을 하던 이는 연
극배우였다. 예술가들이 자신의 작업을 하면서 벌이를
하기에 가이드 일이 적합한 측면도 있지만 정기적으
로 동면을 하는 사람들이라면 정해진 사람들에게 가이
드 일을 맡기고 싶어할 것이고 이는 시간적 여유가 있
는 사람이어야 하는 동시에 때로는 공간적 이동도 감
수할 수 있는 사람들이어야 했는데 그러한 일을 맡기
기에 비교적 시간적 공간적 제약을 덜 받는 예술가들
을 원하는 측면도 있을 것이라는 생각이 들었다. 자격
을 딸 때 수업을 들었던 강사는 원래 미대를 졸업한 후
작업실 임대료를 내기 위해 가이드 일을 시작하였다고
했다. 그러다 해외 출장이 잦은 사업가의 가이드 일을
맡게 되면서 본격적으로 가이드 일을 시작하게 되었다
고 하였다. 사업가는 매년 동면으로 크리스마스 휴가

를 대신했는데 첫해는 사무실이 있는 서울이었고 강사는 광화문이 내려다보이는 오피스텔에서 크리스마스를 맞이했다고 하였다. 그해는 눈이 많이 내려 창밖으로 눈 오는 광화문을 보며 커피를 마셨다고 했다. 사업가는 다음해는 상하이에서 어떤 해는 1월에 베이징에서 이 주간 동면을 했고 같은 해 12월 코펜하겐에서 오 주간 동면을 하였다. 나는 온양에 있었고 누군가 시간이 흘러 그해 겨울 너는 어디 있었느냐고 물으면 그때 그러니까 그때는 온양에서 살았어 달리기를 했고 도서관과 박물관에 자주 다녔다고 말하게 될지도 모르겠다. 지금은 온양에 있고 그렇다면 허은의 동면이 끝난 후 나는 원래 서울 집으로 돌아갈 것인지 다른 곳에서 잠시 머물 것인지 머문다면 어디로 갈 것인지를 걸으며 천천히 생각했다.

　— 저 그러면 혹시 아직도 그분의 가이드 일을 하고 계신 건가요?
　— 그분이라면?
　— 출장을 자주 다니는 그 회사 대표님이요.
　— 아니요. 지금은 하지 않아요.

— 아.

— 삼 년 전에 돌아가셨어요.

강사는 강의가 끝나고 질문을 하는 내게 더 이야기하고 싶지 않다는 듯이 짐을 챙겨 뒤돌아 나갔다. 우리는 화장실 앞에서 다시 마주쳤는데 그는 방금 전보다 부드러운 표정으로 그분에게 많은 것을 배웠다고 말했다.

— 저는 사실 그분을 굉장히 존경해요. 이야기를 많이 한 것은 아니지만 매년 그분의 동면을 돕다보면 그냥 알게 되는 것들이 있었거든요? 물론 저도 그분이나 그분의 회사에 대해 미리 공부해두기도 했지만요. 그러니까 이상한 이야기일지 모르겠지만 사람은 무언가를 무릅써야 할 때가 있다는 거요. 정직하고 깔끔해야 하고 그런데 어떨 때는 온갖 것을 무릅쓰고 그런데 그걸 견뎌야 한다는 거요. 그럴 때도 사람은 정직하고 깔끔해야 한다는 거요. 누구나 그럴 때가 있고 그래야 하지만 사업을 한다면 특히 더 그래야 한다는 거요.

강사는 그분의 동면을 돕고 난 후 사업과 투자에 관한 공부를 시작해 현재는 가이드 양성 교육기관을 운영하고 있다고 하였다.

— 그림도 가끔 그리세요?
— 저는 조각 전공이었어요. 전혀 안 하죠, 지금은.

호텔로 돌아와서는 패딩 점퍼를 바닥에 깔아두면 차미는 침대에서 가볍게 뛰어내리며 먀. 샤워를 하고 배낭에서 탕수육을 꺼내 그릇에 담아 복도에 있는 전자레인지에 돌리고 밥을 데우고 김치를 꺼내 이른 저녁을 먹었다. 머릿속에서 그러니까 어깨 정도일까 가슴 정도일까 그 부근에서부터 갑자기 삼각형 모양으로 썰어진 수박의 이미지가 솟구쳤고 그 수박은 무르지도 설익지도 않았고 빨간색의 완벽에 가까운 수박이었고 탕수육을 씹으면서 수박을 베어 물었을 때 입안에 퍼지는 달고 시원한 물맛이 떠올랐다. 나는 그것을 느낀 걸까. 아주 짧은 찰나의 순간에 탕수육과 김치가 섞인 입안에서 선명한 수박의 맛이 찾아왔다 사라졌다. 겨울에도 수박을 먹을 수는 있지만 나는 여름을 생각했다. 오늘은 달리지 않을 것이고 내일은 눈이 올지도 모르고 여름은 우리를 멀리서부터 걸어서 수박을 들고 넓고 푸른 나뭇잎을 들고 얼음이 든 음료수를 챙겨서 찾아온다. 남은 탕수육을 다 먹고 간단히 설거지를 하고 방 안쪽 창문을 열어주면 차미는 패딩 점퍼 모자에서 곡선을 그리며 뛰어올라 창문 아래 놓아둔 의자에 앉는다. 세로쓰기로 된 아베 고보 소설을 읽으려 애쓰다 일어나 은의 상태를 체크하고 다시 방으로 돌아왔다. 나의 일기에 삼각형으로 잘린 수박을 그리고 수박이 먹고 싶다고 썼다. 온양성당 온양민속박물관 갔다라고 덧붙이고 일기를 끝냈다. 내일은 대전으로 가 빵을 좀 사 와야겠다고 생각하며 잠이 들었다.

눈을 뜨고 창문을 열자 예상처럼 얇게 쌓인 눈이 보였다. 환한 빛이 방안으로 쏟아져 들어왔고 눈은 반짝이고 참새들이 울고 있었고 차미는 매번 생생하게 그 순간에 완전히 몰입했다. 일어나 세수를 하고 양치를 하고 스트레칭을 하고 물을 한 잔 마시고 은의 상태를 체크하고 기록해두었다. 옷을 갈아입고 근처 역으로 가 지하철을 탔다. 지하철에서 내려 역 앞 벤치에 잠시 앉아 있다가 대전으로 가는 열차를 타고 열차 안에서 대전에서 할 일들을 생각해보았다. 대전역에서 내리자 나는 열차 안에서 생각한 대로 칼국수를 사 먹고 중앙로역까지 걸었다. 열차의 창으로 작은 눈발이 점점이 흩날리는 것을 보면서 왔는데 대전에는 눈이 내리지 않았다. 걷다 조용해 보이는 카페로 들어가 커피를 마셨고 다음주쯤 선생님께 연락을 해볼까 잠시 생각했다. 카페를 나와 빵을 조금 많은가 싶을 정도로 샀고 두부두루치기를 포장해서 대전역으로 향했다. 대전역에서 열차를 타는 사람들은 세 사람 걸러 한 사람꼴로 빵봉투를 들고 있었다. 열차 창으로 또 쌀알처럼 작은 눈들을 보았으나 역에 내리니 눈은 내리지 않았다. 호텔로 돌아와 산 것들을 정리하고 손을 씻고 은의 상태를 체크한 후 방으로 돌아와 두부두루치기로 이른 저녁을 먹었다. 차미와 사냥 놀이를 하고 안쪽 창문을 열자 차미는 곡선을 그리며 창문 아래 의자로 뛰어가고 나는 책을 읽으며 커피를 마셨다. 옷을 챙겨 입고 나갈 준비를 마치고 창문을 닫고 방을 나섰다.

운동장에 도착하고 스트레칭을 하고 천천히 한 바퀴

쯤 걷고 시간을 확인하고 알림을 보내고 가볍게 반바
퀴쯤 뛰고 있을 때

  ─이런 날 특히 더 조심해서 뛰어야 해요. 미끄러지
면 살짝 미끄러졌다고 생각했는데 다치는 경우가 많거
든요.

  태식과 두 바퀴쯤 뛰었을 때 눈이 내리기 시작했고
눈은 쉬지 않고 함박눈이라고 부를 수 있는 크기로 느
린 속도로 땅 위로 내려왔다. 태식은 옆에서 조심 조심
조심 조심 하고 낮은 목소리로 말했고 우리는 내리는
눈을 맞으며 느린 속도로 뛰다가 걸었다. 장갑을 벗어
차가운 손으로 태식의 얼굴에 대어보았다. 차가운 손
가락으로 차가운 코를 스쳤다. 태식은 주머니에서 손
을 꺼내 큰 두 손으로 내 손을 감쌌다. 우리는 짧게 키스
를 하고 하염없이 내리는 눈 속을 걸었다.

  그 전날 수박을 맛보았을 때 수박을 목으로 넘겼을
때 그때부터 여름은 나를 향해 걸어왔는데 어째서 봄
과 가을 겨울은 그러한 방식으로 나를 찾아오지 않는데

여름은 그런 방식으로 나를 찾아오는지 나는 그것이 늘 신기했고 동시에 완전히 마음을 열고 받아들이고 있었다. 그 때문인지 시간이 지나 어느 여름 나는 태식과 다시 만나게 되고 우리는 그해 겨울 각자에게 있었던 일들을 이야기하게 되지만 함박눈 사이를 뛰던 그때는 아직 그런 시간들을 알지 못했다. 그러나 확실하게 배운 것은 안 다치는 것이 달리기에서 가장 중요한 것이라는 사실이었고 나는 그것을 여기에 적어둔다.

* 온양성당 관련 설명은 온양성당의 홈페이지 내 안내를 참조하였습니다.

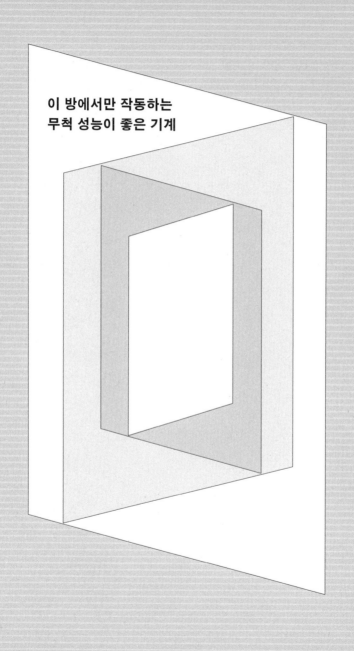

이 방에서만 작동하는
무척 성능이 좋은 기계

태식이 처음 시온을 만난 것은 겨울이었다. 그때 태식은 대학을 졸업하고 서울의 형네 집에서 잠시 함께 살고 있었다. 오래된 아파트였고 태식과 여덟 살 차이가 나는 형은 일을 시작한 이후 착실히 돈을 모아 비교적 일찍 집을 장만했고 몇 년째 그곳에서 혼자 살고 있었다. 어쩌면 내내 혼자 살지는 않았을 수도 있었다. 태식은 그럴 가능성에 대해 전혀 생각하지 않고 있다가 (그럴 가능성이 없을 것이라 단정지었다기보다는 그는 형에게 크게 관심이 없었다) 아무렇지 않게 번호 키를 누르고 들어온 시온을 보고 형이 다른 사람과 함께 살았을 가능성에 대해 그때 처음으로 생각하게 되었다. 처음 보는 사람이 번호 키를 누르고 들어온 것이 놀랍기는 했으나 시온의 얼굴과 분위기를 파악하자 왠지 그럴듯하다는 생각이 들었다. 형과 어울린다라기보다 형은 저 사람에게 왠지 약했을 것이라는 느낌이었다. 같이 살기 전까지는 떨어져 지낸 기간도 길었고, 터울이 커서 태식이 초등학생일 때 형은 고등학생이었으니 사이가 나쁘다기보다 서로에게 무관심한 형제 관계였다. 그런데 시온을 보자 태식은 한번에 형이 좋아하는 사람이고 형은 저 사람에게 약했을 것이라는 것을 알아차릴 수 있었다.

아무튼 예상치 못한 상황을 맞닥뜨린 것은 시온도 마찬가지였는데 태식이 조금 놀란 정도였다면 시온은 어땠을지 그때나 지금이나 확실히는 알 수 없었다. 약간 당황한 정도였을지 공포스러웠을지 혹은 본인이 이상한 사람처럼 보이지 않게 설득을 하느라 긴장되었을지 아무튼 태식이 기억하는 시온은 마지막에 가까웠던 것 같다. 다소 긴장한 표정으로 집안을 잠시 살피다 잘못 들어온 것은 아니라는 것을 만에 하나라는 마음으로 확인한 후 자신이 누구인지 크게 숨을 들이쉬었다

내쉰 후 설명하기 시작했다. 태식은 형과 분위기가 완전히 달라서 보통은 형제라고 생각하지 않지만 터울이 대략 열 살 가까이 지는 남동생이 있다는 이야기를 시온은 언젠가 형에게 전해 들었을 것이다. 그리고 묻는다.

—혹시…… 남동생이세요?
—네 맞아요. 그런데 누구세요?
—저는 김시온이라고 하는데요.
—그러니까……

김시온은 알지 않느냐는 표정으로 뭐 그렇죠라고 말하며 친구라고 덧붙였다. 그 친구가 그 친구가 아니라는 듯이 깍지 낀 손을 가슴까지 올린 후 손목을 움직이다 풀고는 친구예요 하고 말했다. 시온의 이야기는 이랬는데 그러니까 태식의 형과 자신은 아무튼 친구이고 두 사람은 가까웠고 그를 다시 만나야 한다고 말했다.

—형은 여행 갔는데요.
—여행이요? 언제요?

― 월요일에요.

　　― 언제 오는데요?

　　― 곧. 어 다음주에요.

　　시온은 알겠다는 듯이 사정을 이해했다는 듯이 고개를 끄덕인 후 찾을 물건이 있다고 괜찮지 않느냐는 눈빛으로 형의 방을 손가락으로 가리킨 뒤 방문을 열고 들어갔다. 태식은 테이블에 앉아 방에서 나는 소리에 귀를 기울였다. 아마 시온은 침대 위에 누워 있을 것이다. 이불이 버석거리는 소리가 났고 침대 위로 무언가 무게 있는 것이 움직이는 소리가 들렸다. 낯선 사람과 문을 사이에 두고 낯익은 침대 위에 누워 있을 시온은 눈을 감고 있을까 뜨고 있을까 잠들어버리지는 않았겠지. 차를 마실 생각도 없었는데 왜 그랬는지 모르겠지만 태식은 물을 끓였고 컵 두 개에 홍차 티백을 넣고 뜨거운 물을 부었다. 태식이 움직이는 소리 때문인지 시온은 그제야 나와 태식이 내미는 컵을 받아들며 말했다.

　　― 아무튼 이게 이해하기 힘든 일일 거예요.

태식은 그때 그게 무슨 이야기인지 잘 알 수 없었지
만 시온의 얼굴을 보고 있던 당시에는 왜인지 어떤 것
들을 이해할 수가 있었다. 그러니까 자신도 형처럼 이
사람에게 약할 것이라는 것을 말이다. 시온은 겨울이
끝나면 캐나다로 떠날 것이라고 말했다. 한국을 떠나
당분간 거기서 살 것이고 그래서 형을 지금 꼭 만나야
한다고 했다. 다음주에 다시 들르겠다고 말하며 자리
에서 일어난 시온은 잠시 멈춰 선 채로 무언가를 생각
하다 방금 일어난 자리에 다시 앉았다.

　— 만나야 한다기보다는 제가 만나고 싶어서요.
　— 네. 알겠어요. 그러세요, 그럼.

　그때 태식은 형이 여행에서 돌아오면 동면에 들어간
다는 것을 알렸어야 했는데 알리지 않았고 대체 다음
주 언제냐고 묻는 시온의 맹목적인 눈빛에도 여행에서
언제 돌아오는지 정확히 말하지 않고 고개를 돌려 다
른 곳을 보았다. 아마도 핸드폰 아마도 테이블 위를 보
다가 정확한 대답을 하지 않고 두 사람의 컵을 들어 싱
크대에 두었다. 시온은 말이 많지는 않았지만 눈빛과

표정이 생각하는 바를 그대로 드러내는 타입이라 말이 없을 때도 말을 하고 있다고 해야 할지 아무튼 요구하는 바가 분명한 사람이라는 것을 알 수 있었다. 태식은 이것이 오래 기억될 것이라고 생각했다. 테이블에 앉아 납득할 수 없다는 듯 굳게 다문 입술로 고개를 약간 숙인 채 무언가를 생각하고 있는 얼굴을. 그러다가 갑자기 고개를 들어 한숨을 짧게 쉬고 이 상황을 납득할 수 없다는 눈을 하고 강력히 무언가를 요구하고 있는 얼굴을 말이다.

형이 어떻게 살아왔는지 어떤 생각을 하며 사는지 전혀 알지 못했다는 생각을 하게 된 것은 김시온을 만난 날이 처음은 아니었다. 같은 해 늦여름 태식의 형 태인은 그에게 동면 가이드를 부탁했다. 이유를 묻자 오래 자고 싶어서라고 대답했다. 그뿐이었고 다른 설명은 없었다. 태식이 가이드 자격증을 딴 지 두 달쯤 지난 후였다. 애초에 태식은 가이드 일을 적극적으로 할 계획이 없었고 따두어도 나쁘지 않을, 어쩌다 아르바이트해야 할 일이 생기면 유용하게 써먹을지도 모르니까라는 이유로 따둔 것이어서 형의 제안에 놀라는 동시에 그 순간 그 이야기를 하는 형의 얼굴이 무척 피곤해 보인다는 생각을 했다. 이제 동면을 경험한 사람의 수도 많았고, 작년 통계로는 정기적으로 마치 크리스마스 휴가를 가듯 동면을 받는 사람의 수가 확실히 늘어나, 전체 동면 경험자의 이십 퍼센트를 넘는 것으로 집계되었다. 이들은 대체로 강도 높은 업무에 시달리는 대기업 임원이나 변호사를 비롯한 법조인으로 지속적으로 동면을 하는 이유는 짧지만 충실한 휴식을 취하기 위해서라고 분석되었다. 조사에 응한 사람들의 답변도 분석과 크게 다르지 않았다. 말하자면 동면은 전혀 회피적이거나 반사회적인 성격의 무언가가 아니었다. 세상에 전혀 회피적이지도 않으면서 반사회적이지도 않은 행동이나 선택이 구체적으로 어떤 것이 있을지 음식점에서 주인에게 먼저 인사하기 정도 외에 어떤 것이 있는지 도무지 상상하기 어렵기는 하지만 아무튼 동면은 현재로서는 여행, 운동과 비슷하게 인간이 여가 시간을 충실하게 보낼 때 고를 수 있는 선택지 중 하나라고 태식은 배웠으며 오랜 기간 쌓인 데이터도 처음의 우려와 다르게 그러한 경향을 드러내고 있었다. 하지만 그렇다 하여도 동면은 여전히 갑작스러운 충격을 받은 사람이나 지나치게 지친 사람들이 선택하는 치료에 가까운 경험이라고 태식은 생각했다. 이십 퍼센트에 해당하는 사람들 역시 감당하기 어려운 충격을 받았거나 지나치게 지친 사람들이라 그는 보았다. 애초에 과중한 업무가 사람을 지치게 하지 않을 리 없고 오히려 그것이야말로 정확하게 사람을 지치게 하는 일이다. 그렇다면 태식은 나머지 팔십 퍼센트를 어떻게 생각할까. 새로운 것을 좋아하는 사람들과 친구의 권유를 잘 받아들이는 사람들과 역시나 지치고 피곤한 사람들.

— 나 자격증 따고 실제로 일해본 적 아직 한 번도 없는데.
— 내가 여러 번 해봤어.
— 언제 했다는 거야?

형은 자세한 이야기는 알려주지 않았고 곧 근속 십 주년이라 휴가가 길어서 여행을 다녀온 후 동면을 할 것이라고 자신의 계획을 설명했다.

―형이 동면을 많이 해본 것이 나한테 무슨 도움이 된다는 거야? 어차피 잠들어버릴 텐데.

―부작용이 없는 사람이니까 안심해도 된다는 거지. 내가 베테랑이니까. 너는 정해진 규칙대로 확인만 하면 되니까. 변수가 없는 것이 도움이 되는 거지.

곁눈질로 형의 얼굴을 슬쩍 보면서 정말로 형의 잠든 얼굴을 매일 보는 일은 하고 싶지 않다고 생각했다. 그것은 너무 곁에 있고 아주 진해서 생각만 해도 언제나 도망치고 싶은 일이었다. 이미 가족인 것이 각자가 누군가의 자식이며 형제라는 것이 때로 누군가는 거기에 부모이기도 하다는 것이 그 순간 태식은 너무 크고 진해서 삼킬 수 없는데 입술 사이로 들이밀고 오는 음식물 덩어리를 얹은 쇠숟가락처럼 느껴졌다. 그런데도 결과적으로 태식은 형의 가이드 제안을 승낙했다. 어떻게 하다가 그것을 하겠다고 했더라. 그때의 감정은 정확하게 기억나지 않지만 아마 그럼에도 십대 이후로 줄곧 무덤덤한 사이였던 데다가 이 사람을 너무나 모르기 때문에 해버릴 수도 있지 않을까 그런 생각을 했던 것 같은데 그러니까 생각을 하지 말아야 할 것이다.

생각을 하다보면 꼭 그런 일도 꼭 그렇지 않은 일도 없
다고 생각해버리게 되니까. 가족의 동면 가이드 같은
것은 절대로 하고 싶지 않다는 애초의 생각은 사라지
고, 꼭 그렇지만도 않을 것 같다고 생각해버리고 착각
해버리고 그 순간 편해 보이는 길로 가버리게 되니 말
이다. 무엇보다 돈이 필요하지 않느냐는 형의 말이야
말로 사실이었다. 그러면 돈을 벌겠다고 태식은 또 생
각했다. 다시 또 그 순간 생각을 해버렸다.

　여행에서 돌아온 형은 삼 일 뒤 동면을 시작했다. 형
은 하와이에 다녀왔다고 했는데 선물로 들고 온 것은
어느 공항에서나 파는 아니 당장 백화점 지하 식품 매
장에만 가도 있는 마카다미아초콜릿뿐이어서 정말 하
와이에 다녀온 것인지 알 수 없다는 생각을 잠시 했지
만 그런 생각은 할 필요가 없다 정말로. 아무런 생각도
하지 말자. 형의 방을 오로지 동면으로만 사용할 수 있
게 정리하고 자신의 짐은 작은방으로 옮겼다. 형의 집
으로 온 뒤 잠은 줄곧 작은방에서 잤지만 동면중에는
혹시 모르니 쉽게 깰 수 있게 거실에서 자기로 하였다.
밤이면 테이블 옆에 매트와 요를 깔았다. 태인은 동면

시작 전 날 근처 동면 담당 병원에 신청과 보고를 하고 가벼운 신체검사를 다시 받았다. 형이 직장에서 건강 검진을 받은 것이 두 달 전이고 결과에 큰 문제는 없었으므로 검사를 다시 할 필요는 없지만 형은 한번 더 받겠다고 하였다. 역시 동면에 문제가 될 만한 상태는 아니고 이상이 없다는 결과를 듣고 집으로 돌아왔다. 태식은 시온이 앉았던 맞은편 자리를 보았다. 그 옆자리에는 형인 태인이 앉아 있었다. 시온이 들렀다는 사실을 왜인지 말하고 싶지 않았는데 말하고 싶지 않았다는 생각을 그 순간은 다시 하고 싶지도 않았다. 다른 방식으로 시온을 생각하고 싶었다.

—형 친구라는 사람 왔었어. 번호를 알아서 누르고 들어오던데?
—어 그래. 번호를 바꿔야겠네.

태식은 자리에서 일어나 현관문으로 향하는 형의 등을 보았다. 운동을 하던 자신보다 키가 컸다. 어릴 땐 운동도 그럭저럭 잘했으나 지금 운동과는 전혀 상관없는 일을 하며 살고 있었고 평소에 운동을 하지도 않는다. 비슷하게 말수가 적어 함께 앉으면 아무 대화 없이 텔레비전을 보거나 각자 할 일을 했다. 형은 방으로 들어갔다. 시온에게 말한 다음주가 끝나가고 있었다. 동면에는 베테랑이라는 형에게 동면 과정을 다시 한번 설명하자 형은 어 그래 그래 하며 들었다. 야 다 아는 거야라고 말하지 않을까 생각했지만 태인은 가만히 듣고 태식의 지도에 따라 필요한 약을 먹고 간단한 검사를 한번 더 받은 후 정해진 시간에 잠자리에 들었다. 태식은 잠이 든 형을 보며 머릿속으로 거듭 순서를 점검하고 다음 확인 시간에 살펴볼 내용들을 정리하였다. 이것이 태식이 자격증을 딴 이후 맡게 된 첫 가이드 업무였다. 태식은 잠든 형의 얼굴을 내려다보았고 너무나 아는 얼굴이었으나 한집에 있으면서도 막상 정면으로 바라본 적은 몇 번 없다는 생각이 들었다. 그런데 계속 보고 있으면 정말로 한순간 모르는 얼굴처럼 여겨지고 잔주름이 생겨난 삼십대 중후반 남자의 얼굴 중 하나로 인식되다가 그런데 이 사람은 그러니까 이 사람은. 그런 혼잣말이 나올 때쯤이면 처음처럼 다시 너무나 잘 아는 얼굴로 받아들일 수 있게 되었다. 한참을 형의 얼굴을 내려다보며 서 있다가 한 시간 간격으로 알람을 맞추고 거실로 돌아가 누웠다. 첫날이라 혹시 모르니 좀더 자주 확인하기로 하였다. 혹시 못 일어나지 않을까 걱정을 했는데 눕자마자 잠이 들었고 알람이 울리면 바로 눈이 떠졌다. 그렇게 몇 번의 확인을 거친 후 다음날 오전 아홉시가 되어서야 평소처럼 생활할 수 있었다. 이제 끝 알람은 없었고 잠에서 깨어나 활동을 하면 된다. 태식은 옷을 갈아입고 나가 삼십 분쯤 뛰어 근처 산으로 갔다. 다시 한번 몸을 풀고 뛰듯이 산을 올랐다. 점심때에 가까워서인지 사람들은 의외로 없었다. 앞으로 이 시간에 산에 올랐다가 돌아와 밥을 먹고 오후에는 할 일들을 하고 그 사이사이 형을 확인하고 저녁을 먹고 동네를 한 바퀴 돈 후 씻고 잠자리에 들기로 결정했다. 당분간은 한 시간에 한 번씩 일어나 형의 상태를 체크한 후 다음주부터는 두 시간에 한 번씩 일어나야겠다고 생각했다. 동면의 베테랑이라는 말이 생각이 났고 베테랑이라. 집으로 돌아오는 길에는 계란과 콘플레이크와 우유, 고기를 조금 사서 돌아왔다. 가이드 일을 하고 있다는 것이 의식될 때마다 순간적으로 긴장감이 등뒤에서 덮쳐 왔다. 점심을 먹기 위해 테이블에 앉았을 때 다시 한번 시온을 생각했지만 이제

는 얼굴이 잘 기억나지 않았고 무언가를 요구하는 표
정과 작은 키와 몸에 비해 넓고 각진 어깨가 만들었던
실루엣이 순간적으로 선명하게 기억이 나다 말았다.

태식이 시온을 두번째로 만난 것은 형의 동면이 시
작된 지 일주일이 지나서였다. 태식은 산에 올랐다 돌
아오는 길이었고 시온은 아파트 근처 버스 정류장에
태식이 오는 쪽을 보며 서 있었다. 시온을 본 태식은 무
언가 예상하고 기다린 일이 정말로 일어난 것 같다고
순간 느꼈다. 인사도 없이 서로를 알아본 두 사람은 아
파트를 향해 함께 걸었다. 태식은 잠시만 기다려달라
고 말하다가 문득 운동복을 벗고 씻고 형의 상태를 보
고 나면 삼십 분은 걸릴 것 같아 시온에게 들어오라고
말하려 했는데 바로 번호를 바꾸던 형이 생각났다. 그
때 시온이 뒤돌아 버스 정류장 방향을 가리키며 그 맞
은편 골목의 카페에 들어가 있겠다고 말했다.

　—시간 많이 걸리실 것 같아요. 저는 커피를 좀 마시
고 싶어서요.
　—아 네. 그러면.

밖에서 보는 시온은 집안에서 보았던 시온과 다른 느낌이라고 생각했다. 씻으며 시온을 다시 보았을 때 들었던 이상한 안도감과 알 수 없는 긴장감을 떠올렸다. 만날 것을 의식적으로 기다린 것은 아니지만 그럼에도 예상하던 일이 정말로 일어났구나라는 생각은 들었다. 형의 상태를 확인한 태식은 시온이 말한 카페로 향했다. 커피를 주문하고 시온의 맞은편 자리로 가 앉았는데 이제부터 할 이야기들은 제대로 설명할 수 있는 이야기들일까 그런 생각을 잠시 하다 말았다.

— 형을 지금 만나실 수는 없을 것 같아요.
— 여행에서 돌아온 거죠?
— 네.
— 집에 있나요?
— 아뇨. 없어요.

없는 것은 아니지만 있다고도 할 수 없었으며 동면 사실을 누구에게까지 알려도 될지. 기본적으로 위급한 상황이 아니라면 아무에게도 알리지 않는 것이 원

칙이었으나 형의 생활에 대해 아는 것이 너무도 없었
다. 형은 필요한 곳에는 본인이 다 알렸다고 했는데 정
말로 누구에게든 말을 하기는 한 것인지 조금도 확신
할 수 없었다. 시온의 얼굴은 이전처럼 무언가를 요구
하고 있지 않았고 조금 슬퍼 보였지만 수긍하고 있는
것처럼 보이기도 했다. 아니면 태식이 그런 식으로 안
심하고 싶었을지도 모르겠다. 그런데 한편으로는 안심
하고 싶지 않기도 했다. 안심하고 싶지 않았고 시온이
자신을 추궁하고 다그쳤으면 좋겠다는 생각도 들었다.
그러니까 태식은 시온이 들어가야만 하는 이유를 생각
해내고 함께 집안으로 들어가고 싶었다. 시온은 자리
에서 일어나 답답하니 나가서 좀 걷자고 하였고 태식
은 남은 커피를 다 마시고 따라나섰다. 두 사람은 골목
을 따라 걷다가 산으로 올라가는 길 초입의 벤치에 앉
았다. 시온은 말없이 무엇엔가 집중하는 표정으로 눈
앞의 나무들 멀리 보이는 아파트들을 보며 말했다.

　—가끔 너무 졸리기도 하고 힘들기도 하고. 대체로
그래요.

태식은 집중하는 표정으로 졸리다는 이야기를 하는
시온을 바라보며 물었다.

　—아 지금도요?
　—그래도 괜찮은 편이에요, 지금은. 요즘은.

　아직 추운 날씨는 아니었지만 경사가 심한 길을 올
라서 숨이 차서인지 시온이 말을 할 때마다 흰 김이 피
어올라 한겨울처럼 보였다.

　—잠을 잘 자요?
　—네, 보통이에요. 보통은 잘 자요.
　—저도 그런데요. 태인씨는 잘 못 자기도 했던 것 같
아요.
　—아. 형이 그런 이야기를 하지는 않아서.
　—자기랑 동생이 많이 다르다는 이야기를 했었어요
그러고 보니. 그러면 동면은 해본 적 있어요?
　—아뇨, 없어요.

　시온은 재작년과 작년 이맘때 형의 가이드 일을 했

다고 말했다. 시온과 태인의 직장은 가까웠고 태인은
동면을 하기 위해 시온을 소개받았고 점차 가까워졌고
동면이 끝난 뒤에도 두 사람은 종종 만났다고 하였다.
시온은 지금 태식이 함께 사는 집에서 형의 가이드 일
을 했다고 설명했다. 마치 어떻게 지난번 아무렇지 않
게 번호를 누르고 집안으로 들어올 수 있었는지를 설
명하는 것처럼 말했다. 그것이 시온과 함께 아파트로
돌아갈 이유는 되지 않았고 태식 역시 그것을 잘 알고
있었다. 다른 것들도 잘 알고 있었다. 이상한 것들과 이
상한 기분들. 시온에게 추궁을 받거나 곤란한 질문을
서로 주고받고 싶은 기분. 시온이 자신을 당황하게 하
고 직접적으로 불안하게 만들었으면 좋겠다는 기분을
분명히 느꼈는데 그것은 줄 위를 걷는 기분이었다. 산
과 나무를 뒤로한 채 시온과 태식은 내리막길을 천천
히 내려갔다. 이미 자신이 형의 가이드 일을 하고 있음
을 밝힌 태식은 시온에게 형을 볼 수는 없다고 말했다.
곧 떨어질 나뭇잎의 색이 아름다웠고 두 사람은 아직
아무도 밟지 않은 커다란 낙엽들을 소리 내어 밟으며
아파트에 도착했다. 문 앞에서 태식은 다시 한번 방으
로 들어가서는 안 된다고 말했다.

— 얼굴을 볼 수는 없나요.

— 그건 안 돼요.

— 저에게 설명을 해주세요. 보았던 것들을 천천히 말해주세요. 아니면 그냥 예전 이야기를 해주는 것도 좋아요. 어쩔 수 없으면요.

시온은 태식이 시온을 처음 보았을 때 앉았던 자리에 가 앉았고 어째서 이 사람은 이 집안에서만 또 무언가를 강력하게 요구하는 얼굴을 하고 있을까. 그런 얼굴이 되는 것일까. 태식은 물을 끓여 홍차 티백이 담긴 컵에 부었다. 두 사람은 뜨거운 컵에 장갑을 끼지 않아 붉어진 손을 녹였다. 태식은 자리에서 일어나 형의 상태를 다시 확인하고 문을 닫고 나오며 시온에게 어젯밤에도 그 전날에도 괜찮았다고 말한다.

— 아마 계속 괜찮을 거예요. 그리고 나중에 나중에도 이야기를 해주세요. 아무거나. 어떤 것을 보았다거나 어떤 것을 보았다는 이야기를 했다든가.

— 뭔가를 보나요? 그러니까 동면중에?

— 볼 수도 있어요.

　태식도 그런 이야기를 알고 있었다. 자격증 시험공
부를 하며 그런 사례를 자료에서 보기도 했다. 가본 적
없는 곳의 정보가 새롭게 기억에 입혀지는 것처럼 경
험하지 않은 것을 경험하였다고 믿는 일들. 시온은 형
에게 특별한 현상이 나타나거나 부작용이라고 할 만한
증상이 생겼던 것은 아니라고 말했다. 그런데 보통 꿈
이 뒤엉키거나 무언가를 보는 사람들이 많아요. 태인
씨는 제 생활을 보았다고 했어요. 시온은 그것이 앞으
로 일어날 일을 알려주는 것은 아니라고 했다. 그냥 지
금의 상황들 내가 이렇게 서 있고 앉아 있고 무언가를
강하게 바라고 생각하는 그런 것들이에요. 그것을 듣
고 싶다고 말했다. 자신을 보는 사람의 이야기를 자신
을 볼 수 없을 때 자신을 본 사람의 이야기를 듣고 싶다
고 말했다. 그렇게 말하는 시온의 얼굴은 이전과는 다
르게 평평하고 차분했고 태식은 형이 무언가를 본다면
바로 지금을 보고 있을지도 모르겠다는 생각을 했다.
태식은 다시 한번 손을 씻고 실내복으로 갈아입고 형
의 방으로 들어갔다. 그때 무언가를 보았다면 지금도

볼 수 있겠지 생각하며 형을 내려다보다 형이 누운 방향으로 머리를 두고 바닥에 누웠다. 내가 형의 얼굴을 본다면 형도 나의 얼굴을 본다. 오로지 잠을 자기 위한 목적의 방에 누워 있었는데 그래서인지 곧 잠이 들어버릴 것 같아 급히 몸을 일으켰다. 다시 형의 얼굴을 내려다보는데 서로가 서로를 볼 수밖에 없다는 긴장감과 부담감이 나쁘지 않다는 생각을 했다. 각자가 가질 수밖에 없는 무게를 어깨에 메고 서 있는 것. 한참을 형의 얼굴을 내려다보다가 태식은 방을 나왔다.

시온은 테이블이 아닌 테이블 뒤 소파에 등을 기대고 바닥에 앉아 있었다. 시온은 가이드를 할 때 주로 소파에서 잤다고 말했다. 태식은 소파에 앉아 손으로 바닥 위 매트를 가리켰다. 바닥에 누우면 침대에서 잘 때보다 냉장고 소리가 더 잘 들린다는 것을 알게 되었다. 집안의 모든 낮은 소리들이 마치 무게가 있는 것처럼 바닥을 향해 서서히 미끄러졌다. 어두운 밤 바닥에 누우면 그것을 들을 수가 있었다.

— 캐나다에서는 뭘 하세요?
— 아, 언니가 살고 있어서요. 언니랑 살면서 적응을

하고 영어도 더 배우고 그러다 학교에 가려고 생각하고 있어요.

　시온은 근처 동네를 이야기하는 것처럼 밴쿠버의 한 동네를 이야기하고 언니와 조카가 함께 갔던 곳들을 말했다. 언니가 한인 교회가 아닌 현지인들이 다니는 교회에 다니는데 언젠가 그곳에 함께 예배를 드리러 갔던 것 그리고 돌아오는 길에 스콘과 커피를 먹었던 것 그러다 마치 이곳이 밴쿠버의 언니가 사는 동네와 이어지는 것처럼 이 아파트 뒤로 작은 개척 교회들과 신앙 연구회 간판을 단 건물이 몇 개 보이는데 왜 이 동네에는 그런 것들이 있을까요 많이 보이는 것 같아요 하고 말했다. 태식은 자신이 가보지 못한 그러나 지금이라도 갈 수 있는 곳을 마치 캐나다 어느 곳을 그리는 것처럼 머릿속으로 그려보았다. 여러 골목과 가게들 그리고 자신이 뛰는 길들과 산을 향한 여러 개의 길들. 오늘 시온과 함께 걸었던 골목과 벤치의 위치를 머릿속으로 천천히 그려나갔다. 그리고 몸을 돌려 마치 지도를 보며 길을 찾는 것처럼 시온의 얼굴 윤곽을 손가락으로 따라갔다. 머리카락이 나기 시작하는 이마

부근을 손가락으로 천천히 문지르듯 따라갔다. 눈썹과 광대뼈 턱은 날카롭지도 둥글지도 않았다. 손을 조금 떨면서 크고 조금은 거친 손가락으로 시온의 얼굴을 천천히 따라갔다. 그러다 무언가 생각난 것처럼 자리에서 일어나 다시 물을 끓였다. 잠시 뒤 이미 다 마신 홍차 티백이 담긴 컵에 뜨거운 물을 채워서 소파 옆 바닥에 두었다. 컵에서는 김이 피어나고 시온은 눈을 감은 채로 손을 들어 자신의 얼굴을 마치 태식이 지나간 선을 따라가는 것처럼 천천히 만져보았다.

*

내가 손을 뻗어 태식의 얼굴을 만졌을 때 그러니까 그가 내 얼굴의 윤곽을 스케치하듯 따라간 방식이 아니라 엄지손가락을 볼에 얹고 그러다 엄지손가락으로 눈썹을 만지고 집게손가락으로 턱을 그려나갔을 때 태식은 나의 눈을 보지 않고 나와 눈을 마주치지 못하고 소파 옆 구석을 보고 있다가 눈을 감았고 그렇게 우리는 서로의 얼굴을 보지 않고 그러나 나는 다시 태식의 얼굴을 들어 그의 얼굴을 천천히 보았다.

─지금 치과 의사가 된 것처럼 얼굴을 보고 있어요.

그때 태식이 처음으로 웃었었나. 태식을 두번째로 만난 날이었고 그날 우리는 각자가 본 것을 천천히 이야기했고 내내 함께 시간을 보냈다. 나는 캐나다로 가기 전까지 그후로도 몇 번이나 태인이 잠든 집에 들렀으나 방에 들어가는 것은 끝까지 허락받지 못했다. 그러나 나는 태인이 나의 얼굴을 그릴 수 있다는 것을 안다. 내가 그릴 수 있는 것은 태식의 얼굴이었는데 이후로 몇 년의 시간이 흘렀지만 가끔 손끝으로 눈썹과 코, 턱의 선이 어떻게 이어지는지가 생생히 되살아나고 그것이 어떤 이유에서인지 손이 얼굴을 기억하기 시작하면 거의 동시에 머릿속으로도 태식의 얼굴이 되살아났다.

지금 치과 의사가 된 것처럼 얼굴을 보고 있어요. 나는 마치 그 소파가 치과 의자인 것처럼 태식의 몸을 소파에 기대게 하였고 태식은 눈을 감은 채로 아픈 것이 다 나은 것 같아요라고 말하며 웃었고 뜨거운 물이 든 컵은 그와 동시에 넘어졌다. 나는 그의 손을 잡았는데 엎질러진 물에 서로의 발이 이미 젖어버린 뒤였다.

믿음의 개는
시간을
저버리지
않으며

그림자 개는 시간과 마음의 연결이 약해진 사람들에게 나타나 산책을 요구한다. 물론 그것은 세상의 모든 개가 하는 일과 똑같다. 시간과 마음의 연결이 느슨하고 희미해지면 우리는 시간에 대한 건강한 긴장감을 잃고 증상이 심해지면 깊은 슬픔에 잠기게 된다. 그러기 전 이들에게 그림자 개가 나타나 어김없이 산책을 요구하고 이들과 산책을 하는 동안 사람들은 시간과의 관계성을 회복하게 될 실마리를 찾게 된다. 그러므로 이는 시간과의 바람직한 관계를 회복하기 위해 나타나는 일종의 현상이라고도 할 수 있다. 그러나 대부분의 사람들은 그때 자신이 위험에 처했다는 것을 알지 못하고 자신에게 알 수 없는 일이 벌어졌다고만 생각한다. 물론 현실에 존재하는 보통의 개를 만나는 사람들의 반응도 그와 마찬가지이다. 나에게 이런 존재가 나타나다니, 우리에게 이런 일이 벌어지다니. 그림자 개는 생각지도 못할 때 우리에게 나타나 익숙해졌을 때는 이미 자신의 길로 여행을 떠나 모습을 감춘다. 그 만남은 우연과 같아서 우리에게 언제 그런 순간이 찾아올지 알 수 없다. 그림자 개에 관해 알고 있는 것을 이야기해두면, 그 존재가 가진 특성은 세 가지라는 것이다. 하나. 그림자 개는 그림자로 된 개다. 둘. 그림자 개는 산책을 한다. 셋. 그림자 개는 짖는다. 우리가 기억해야 할 것이 무엇이냐면, 기억해야 할 것은 눈을 감았다 뜨면 우리에게 다가오는 것으로 하나……그림자 개는 둘……그리고 눈을 떴을 때 셋……눈앞에 나타난 것은 생각지도 못한 것, 우리는 우리에게 다가오는 불가사의한 존재를 맞이하지 않을 수 없고 그것은 그림자 개로, 그림자 개는 하나……그림자로 된 개이고……둘 산책……산책이며 산책을 해야 한다, 그리고 마지막으로.

셋.

눈을 떠.

시온에게 그림자 개가 찾아온 것은 8월 어느 늦여름의 오후였다. 늦여름 오후 해는 선명하고 느긋하고 진했다. 호박수프 같았다. 햇빛은 비스듬히 테이블 위 둥글고 긴 물병을 지나갔고 햇빛이 지나간 둥근 부분은 전구처럼 빛을 발했다. 두 마리의 그림자 개는 테이블에 앉아 일을 하고 있는 시온에게 다가갔다. 둘은 앉지 않고 테이블 맞은편 다리 옆에 나란히 섰다. 시온은 어딘가 먼 곳에서부터 개가 다가오는 발소리가 들린다는 생각을 했고 그러다 고개를 들어 테이블 너머를 보았을 때 그곳에는 그림자 개 두 마리가 있었다. 둘은 앉지 않고 테이블 맞은편 다리 옆에 나란히 서 있었다. 시온에게 나타난 것은 그림자뿐이었지만 시온은 보자마자 그 두 마리를 알아보았다. 하나는 흰 시골 개인 두부이고 더 큰 쪽은 골든레트리버인 두두였다. 시온이 두 마리를 바로 알아본 것은 그 둘과 육 개월 넘게 하루에 네다섯 시간 이상 붙어 있었기 때문이었고 두번째 이유는 그림자 개를 본 것이 이번이 처음이 아니었기 때문이다. 시온의 첫 그림자 개는 피스로, 피스와 어떻게 만나게 되었는지는 두부와 두두와 산책을 하며 이야기하게 될 것이다. 어쩌면 개들만 그 만남을 이해하고 알아들었을지도 모르겠지만 말이다.

시온이 처음 두부와 두두를 만난 곳은 전북에 있는 성당 부속기관이었다. 시온은 이전 직장에서 함께 일했던 동료의 소개로 일을 시작하게 되었다. 당시에는 신자가 아닌데 채용이 되어 일을 할 수 있을까 걱정했었는데 의외로 그 부분은 별문제가 되지 않았다. 나중에 익숙해지고 주변을 둘러보니 함께 일하는 분들은 일 년 전에 세례를 받은 분들을 포함하여 모두 표면적으로는 어쨌거나 신자였다. 오래 일을 하면 자연스럽게 부드러운 방식으로 세례를 권유받게 되는 것이 아닐까 짐작하였는데 그전에 일을 관두게 되어 그 추측이 맞는지는 확인할 수 없었다. 그때는 바보 같지만 어쩌면 자신의 이름이 시온이기 때문에 교회든 성당이든 그 비슷한 곳이라면 조용히 섞여 들어갈 수 있는 것 아닌가 생각했었다. 시온이 성당 부속기관에서 일을 한 기간은 육 개월이 조금 넘었고 첫 달에는 근처 숙소에서 먹고 자며 생활하다 남은 기간은 방을 얻어 살았다. 시온이 하는 일은 공연장과 회의실이 딸린 부속기관 대여 업무였는데 일이 익숙해지자 근처 성지순례를 오는 신자들을 맞이하고 안내하는 일도 함께 하게 되었다. 두부와 두두는 성당에서 기르는 개였다. 개이므로 산책하고 먹고 놀고 보통의 개처럼 그렇게 있으면 되었는데 마치 업무처럼 성지순례 안내를 할 때는 꼭 그 둘을 함께 데리고 나가야 했다. 그것을 두 개도 잘 이해하고 있었고 함께 안내를 나갈 때는 평소보다 얌전했고 기분 탓인지 더 또렷한 눈빛을 하고 있는 것처럼 보이기도 했다.

개와 안내를 함께하게 된 데에는 이유가 없지는 않았다. 해당 성지에는 백 년쯤 전에 한국에 처음 포교를 하러 온 외국인 신부님을 기리는 기념비와 공원이 있었는데 신자들은 그곳과 근처 오래된 성당을 함께 들렀고 그 오래된 성당은 몇 년 전까지 그곳에서 개를 좋아하고 늘 개와 함께 살던 또다른 신부님이 머물던 곳이었기 때문이다. 그래서 안내를 할 때 늘 개와 함께한다고 업무를 안내해주던 수녀님으로부터 전해 들었다. 신자들은 백 년도 더 전에 이 땅에 와 목숨의 위협 속에서 믿음을 전달하다 몇 년 되지 않아 병으로 세상을 뜬 외국인 신부를 기리는 공원을 걸었다. 사람들은 걸으며 신앙에 대해, 훼손되고 흔들리기 쉬운 믿음에 대해 생각했다. 그러나 누군가는 흔들리면서도, 훼손된 부분을 문지르고 씻기면서 그것을 회복하려 애쓰며 지켜나간다. 길지 않은 시간이지만 신자들은 그런 생각을 하며 걸었고 고개를 들어 주위를 살피면 종종 공원의 공기가 조금 전과 다른 것처럼 느껴지기도 했다. 사람들은 그렇게 공원과 공원 안 기념비를 둘러본 후 그곳에서 시간을 보내다가 방금 전 신부님보다는 좀더 상상하기 쉬운 몇 년 전에 돌아가신 외국인 신부가 머물던 오래된 성당으로 걸음을 옮겼다. 시온은 성당이 아니라 공원에서부터 개와 함께 안내를 시작했다. 이전부터 개와 함께 순례를 하는 것으로 알려졌기 때문인지 사람들은 모두 자연스럽게 개와 함께 걸었다. 개를 무서워하거나 싫어하는 신자들이 있을 법도 한데 시온이 일을 하는 동안 만난 분들은 모두 개를 좋아했다. 그렇지만 늘 시작할 때 개와 함께 가도 될지 물어보고 출발하였다. 안녕하세요. 와주셔서 감사합니다. 오늘 순례는 성당 식구인 두부와 두두와 함께할 예정인데 혹시 괜찮으실까요? 인사와 함께 개 두 마리와 순례가 시작되었다. 시온은 그렇게 개와 함께 걸었다. 그러다 가끔씩은 오십 년쯤 전 남한에 와, 독재정권 아래서 여러 어려움을 겪던 이 땅의 민중들을 돕고자 했던 한 외국인 신부를 상상해보기도 했다. 그러면 그가 이 땅의 사람들만큼이나 개를 사랑했다는 것도 함께 떠올랐다.

— 두부는 애기일 때 신부님과 함께 살던 애예요.
— 몇 살일까요?
— 그러니까 그게.

수녀님은 머릿속으로 나이를 헤아려보시다 누군가 부르는 소리에 급히 일어나 나갔다. 시온은 종종 두부와 함께 신부님 사진과 설명이 붙어 있는 벽으로 가 나이를 계산하다 말았다. 두부는 여덟 살일 수도 있고 일곱 살일 수도 있고 열 살이 넘었을 수도 있다. 누군가를 언제까지 애기라고 할 수 있을까?

어느 날은 일본 아키타의 한 성당에서 손님들이 오신 적이 있었는데 두부와 두두를 보며 굉장히 반가워

하셨다. 그분들 말씀으로는 아키타에도 이곳처럼 아키타견들과 함께 순례를 하는 성지가 있다고 하였다. 그곳에는 단지 신부님이 개를 좋아했다는 것보다 훨씬 더 인상적인 일화가 있었는데 그러니까 화재 속에서 성당 신부님들의 목숨을 구한 개가 있었던 것이다. 성당에는 그 개를 기리는 동상도 있다고 한다. 시온이 했던 생각은 오수의 개 설화와 음 그곳에서 일을 하면 어떨까 하는 것과 아키타 성당에는 아키타견 그렇다면 진도에 있는 성당에서는 진돗개를 키우는 것일까 같은 것이었으나 외국에서 온 손님들로 분주한 날이어서 곧 여기저기 불려다니느라 그런 생각은 곧 관두게 되었다. 그렇지만 동상이 세워진 위대한 개 이야기를 함께 듣고 있는 두부와 두두를 보며 너희는…… 사람을 과연 구할 수 있겠니? 밥을 먹고 신나게 노는 것만 아는데 그런 일을…… 할 수가…… 있나……? 물론 그럴 필요는 없지만…… 아무튼 그것은 개를 좋아하는 신부님이 살았다는 것과는 비교가 안 되는 이야기라고 생각했다. 그때는 그랬는데 시온은 이제 와 생각하니 근처 성당에 개를 좋아하는 신부님이 살았다는 이야기가 더 좋았다.

그렇게 육 개월이 넘게 함께 지낸 두부와 두두가 그림자 개가 되어 몇 년 만에 시온을 찾아왔다. 8월 말이었지만 아직 여름이어서인지 두 마리 모두 혀를 내밀고 헐떡이고 있었다.

시온의 첫 그림자 개인 피스는 죽고 나서 시온을 찾아왔었다. 피스가 죽고 오 년쯤 지나서였을까. 일요일 오후였고 가족들은 친척 결혼식에 가고 왜인지 가고 싶지 않다고 고집을 부려 혼자 집에 남은 열세 살 시온에게 그림자 개가 된 피스가 찾아왔다. 피스는 산책을 가자고 보챘고 시온은 피스와 산책을 했다. 시온은 어떤 것을 그러니까 그림자 개 같은 것을 끝없이 믿는 동시에 그림자 개 같은 것은 당연히 전혀 믿지 않는 척 멀쩡하게 다른 사람들을 흉내내며 살았고 그것은 열세 살이어도 사람들 속에서 살아가려면 익힐 수밖에 없는 기술 같은 것이었다. 그래서 그림자 개가 피스인 것을 믿지 않을 도리가 없었지만 동시에 그것을 다른 이들에게 이야기할 수 없다는 것도 알았다. 그것은 비밀이 되고 마음속 깊이 가라앉아 시온이 언제든 거리를 걸을 때 개들이 산책을 오는 공원에서 자연스럽게 교차하는 목줄과 개들의 무리에서 뒤를 돌면 사라지고 나타나는 순간들을 눈을 뜨고 바라보지 않을 수 없게 만들었다. 시온은 어느새 다가와 익숙하게 자신의 발 사이로 파고드는 그림자 개를 보고 반가워하기도 전에 혹시 두부와 두두가 죽은 것일까 불안해져 슬픈 마음으로 두 개를 바라보았다. 두 개는 자신들의 앞다리로 시온의 다리 한쪽씩을 붙잡고 산책을 재촉하고 있었다. 잠시, 아직 성당 사람들과는 안부를 주고받는 사이니 연락을 해볼까 하는 생각이 들기도 했으나 핸드폰으로 손을 뻗기도 전에 시온은 개들의 성화에 못 이겨 편한 옷으로 갈아입고 지갑을 배낭에 넣고 운동화를 신고 집을 나섰다.

늦여름의 해는 길고 시온은 개들이 산책을 많이 다니는 동네 공원으로 갈까 하다가 생각을 바꿔 두 마리를 차에 태웠다. 개들은 익숙하게 뒷좌석에 앉아 창으로 쏟아지는 햇볕과, 곧 다가올 쓸쓸한 계절의 냄새를 희미하게 품고 있는 바람을 얼굴에 맞으며 즐거워했다. 돌아보지 않아도 알았다. 거기에는 개가 있다. 개들은 즐거워한다. 시온은 오후에서 저녁으로 넘어가는

8월의 어느 하루를 그 시간을 시간이 품은 가능성과 매 순간의 본성을 완전히 느끼며 개와 함께 도로를 달렸다. 이제 곧 모두 내려 강가를 걷다가 뛸 것이고 뛰다가 쉴 것이고 쉬다가 다시 걷게 될 것이다.

그날 그림자 개를 만난 이는 시온뿐만이 아니었다. 온양에 사는 태식에게도 그림자 개가 찾아왔다. 태식과 시온은 둘 다 동면자들의 상태를 확인하고 관리하는 동면 가이드로 일을 했는데 두 사람 모두 태식의 형인 태인의 가이드로 일한 경험이 있었다. 먼저 가이드를 한 쪽은 시온이었고 몇 년 뒤 태식은 태인의 제안으로 그의 가이드를 맡게 되었다. 두 사람은 어느 한 시기 함께했고 그리고 이제는 각자의 시간을 살아가고 있다. 하지만 시온은 종종 태식의 존재를 지나칠 정도로 생생하게 느낄 수 있었다. 그것은 그림자 개의 존재처럼 어느 순간 나타나 뚜렷하게 머물다 사라졌다. 물론 그림자 개보다 자주 나타나는 일이었고 이런 순간이 다른 이들에게도 나타나는 그러니까 어떤 사람의 존재가 뚜렷하게 남아 있기 때문에 생기는 무척 평범한 일이라는 것을 잘 알았다. 그런데 왜 그것이 무척 사랑했던 사람이거나 오래 함께한 사람이 아니라 태식인지 알 수 없을 뿐이었다. 그런 방식으로 시온은 종종 태식을 볼 수 있었고 선명하게 그를 느낄 수 있었다.

태식에게 찾아온 그림자 개는 한 마리였다. 태식은 그 개가 어디서 왔는지 전혀 짐작조차 할 수 없었다. 정말로 처음 보는 개였다. 그러나 그림자 개는 당연히도 산책을 요구했고 태식은 얼떨결에 개를 데리고 밖으로 나갔다. 작고 약간 말랐지만 긴 몸을 한 그림자 개와 태식은 근처 초등학교 운동장을 걸었다. 개는 운동장을 향해 가는 길에도 몇 번이나 멈춰 서서 냄새를 맡고 자신의 냄새를 묻혔다. 운동장에 도착해서는 잠시 걷다가 또 한참을 뛰었다.

태식은 현재도 동면 가이드 일을 하고 있었는데 일의 특성상 대체로 시간을 정해 밖으로 나왔다. 아마 며칠 전이었다면 이 시간에 고민 없이 바로 밖으로 나오기 힘들었을 것이다. 우연이었는지 개가 알고 있었는지 태식이 맡고 있던 동면자들의 동면은 어제로 모두 끝이 났고 새로운 일은 다음주에 시작될 예정이었다. 오랜만에 이 시간에 산책을 한다고 생각하며 이 눈앞에 보이는 이상한 일 뒤에는 얼마나 알 수 없는 이상한 일들이 엮여 있는 것일까 생각했다. 이상한 일을 가능하게 하는 여러 우연들, 그러나 무엇인가 우연이라고 생각하면 그것은 이상한 일도 아니고 여러 일이 엮인 것도 아니고 그저 우연이라는 말로 모두 설명이 가능해진 하나의 장면일 것이다.

태식은 생각이 많고 고민도 많은 편이었지만 비교적 현실적인 사람이라 수상한 일을 믿거나 눈에 보이지 않는 것을 마음속으로 상상하고 그려보는 사람은 아니었다. 그래서 시온과는 달리 그림자 개라는 존재를 어떻게 받아들여야 할지 처음부터 무척 난감해했다. 그러나 그림자 개는 눈에 보이는 것이었고 모든 것이 개와 같았다. 태식은 눈앞에 보이는 것을 눈앞에 나타나 생생하게 움직이는 것을 믿지 않을 수가 없었다. 그림자 개를 따라 걸으며 태식은 어딘가 먼 곳에 개가 있고 그 개가 반사되어 그림자로 나타나는 것이 아닐까 생각했다. 영화 같은 것이라고 할 수 있지 않을까. 어떤 원리로 극장에서 영화를 볼 수 있는지 자세히 설명할 수는 없었지만 극장 좌석에 앉으면 머리 뒤에서 무언가 어둠과 빛의 알 수 없는 움직임과 효과로 촬영된 필름이 돌아가고 어둠 속 스크린으로 영화가 나타나는

것과 비슷한 것 아닐까. 한 걸음 뒤에 개가 있고 태식은
그 개를 볼 수 없지만 영화처럼 그 개가 만들어낸 그림
자를 보는 것이다. 물론 괜히 뒤를 돌아보았지만 태식
의 짐작처럼 개가 있지는 않았다. 아니면 누군가의 그
림자놀이일지도 모른다. 가로등 뒤 두 손을 모으고 개
의 머리 모양을 만들어내는 사람과 몸통을 만들어내는
사람들. 그러기에 그림자 개는 너무나 개였고 태식은
이 개를 개로 받아들이면서도 먼 곳에 아주 먼 곳에 실
제 개가 이처럼 자신과 걷고 있을 것이라 자꾸만 생각
하게 되었다. 내가 보는 것은 영화 같은 것이라고 생각
하면서 말이다.

개와 태식은 아무도 없는 운동장 안에서 개와 사람
그리고 목줄이 만들어내는 조금 귀여운 그림자가 되어
한참을 걸었다. 운동장을 다섯 바퀴쯤 돈 태식과 개는
학교를 빠져나와 이미 어두워진 시장을 가로질렀다.
시장 안 가게들은 밤이 늦어 모두 셔터를 내리고 문이
닫혀 있었지만 어디선가 잘 익은 과일 냄새 기름 냄새
닭 비린내 같은 것이 분명하고 낮게 떠돌고 있었다. 개
는 여러 번 멈춰 서서 냄새를 맡았고, 십 분이면 지나갔
을 길을 삼십 분도 넘게 걸려서 지나갈 수 있었다. 태식

은 시장을 빠져나와 개가 이끄는 대로 골목골목을 따라 걸었다. 대충 어디인지는 짐작이 갔지만 실제로 들어가본 적은 없는 골목 구석구석을, 비슷해 보이는 집과 집들을 천천히 지나쳐 걸었다. 개는 무언가를 찾는 것처럼 살폈고 완전히 어두운 곳에서는 개의 모습이 보이지 않았고 가로등 아래에서 집의 불빛이 새어나오는 창 아래에서 개의 모습은 드러났다. 그러나 어둠 속에서도 개의 발이 지면과 닿으며 내는 발소리는 일정하게 들려왔고 개는 가끔 끙 소리를 냈다. 태식은 어둠 속에서도 개가 있다는 것을 알았다. 그렇게 한참 골목을 걷던 개는 삼층으로 된 다가구 주택 앞에서 멈춰 섰다. 하나. 그림자 개는 그림자로 된 개다. 둘. 그림자 개는 산책을 한다.

셋.
그림자 개는 그때부터 낮은 목소리로 위협적으로 짖기 시작했다.

태식은 그림자로 된 목줄을 당겼지만 개는 골목 끝을 향해 맹렬히 짖었다. 오른손으로는 목줄을 잡고 몸을 왼쪽으로 틀어 골목 초입을 향해 몸을 조금씩 옮기려 할 때 태식이 본 것은 긴 그림자를 한 어떤 존재였다. 얼마나 큰 존재인지 그림자만으로는 짐작이 가지 않았으나 무척 길고 큰 존재임이 분명했다. 긴 망토를 입은 자로 보였는데 그림자의 색이 보통 사람들과 다르게 선명한 것이 아니라 탁하게 보였다. 태식은 뒤꿈치를 들어 골목 끝 집의 담 너머를 살펴보았지만 그자의 모습은 보이지 않았고 그자가 대체 어떤 존재인지 얼마나 크고 어떤 자세를 하고 있는지조차도 도무지 짐작이 가지 않았다. 그때 언제 나타났는지 태식이 서 있던 집 마당에서 고양이 두 마리가 튀어나와 골목 끝을 향해 털을 바싹 세우고 으르렁거렸다. 고양이도 으르렁거리는구나 개의 으르렁 소리와 비교가 안 되게 준엄한 꾸짖음이었다. 그 탁한 그림자의 존재는 서서히 태식이 있는 곳을 향해 다가왔고 개와 고양이는 바짝 긴장한 채로 으르렁거리며 위협했다. 골목의 다른 고양이들도 함께 튀어나와 으르렁거렸고 대치된 공간과 시간에서 태식은 막연히 저자가 누군가를 해치러 온 자구나 저 탁한 그림자는 다른 이의 목숨을 빼앗으려는 것이구나 느낄 수 있었다. 한참을 맹렬히 으르렁대던 고양이 한두 마리가 어느샌가 소리도 없이 사라지고 마지막까지 으르렁거리던 두 마리의 고양이도 집안으로 사라지고 나자 개는 걸음을 떼고 왔던 길을 되짚어 갔다. 탁한 그림자의 존재가 나타났던 담에는 검게 그을린 자국이 남아 있었고 담을 넘어 뻗어 있던 나뭇가지들은 새카맣게 타 있었다. 저 집에 사는 누군가를 데려가려 한 것이 틀림없어. 태식은 자신이 이런 생각을 한다는 것이 황당했지만 실제로 눈앞에서 본 것을 믿지 않을 도리가 없었다. 우리는 그것을 보았다. 그림자뿐이었지만 우리가 본 것이 바로 그것이었고 우리에게 나타나 펼쳐진 것이 바로 그림자였다.

시온은 주차장에 차를 주차하고 두 마리의 개도 차에서 내렸다. 손에는 그림자로 된 목줄이 쥐어졌다. 두부와 두두는 정겨운 착착착 소리를 내며 강을 따라 걸었다. 짙은 오렌지색 노을은 강을 물들이고 아직 여름이지만 곧 쓸쓸한 계절이 다가온다는 것을 멀리서 천천히 다가오는 바람이 말하고 있었다. 강의 다리 아래를 지날 때는 거대한 다리의 그림자가 개들을 감추었고 그러나 시온은 개들이 함께 있는 것을 거기 있다는 것을 온몸이 팽팽해질 정도로 확실히 느낄 수 있었다. 맞은편에서 반가운 표정으로 다가오는 개들은 시온의 주변에서 그림자 개들의 냄새를 맡고 개들은 서로 인사를 하였다. 서로 냄새를 맡으며 즐거워하던 개들은 주인이 목줄을 당기자 발길을 돌렸다. 그러고는 서로 아쉬워하며 뒤를 돌아보며 지나갔다. 강을 따라 걷는 동안 서서히 주변은 어두워졌고 어두워지기 시작하자 익숙해질 틈도 없이 금세 그림자 개의 모습은 사라지고 그들의 익숙한 발소리만이 시온을 따라다녔다.

한참을 걸었을 때 시온은 더이상 발소리가 들리지 않는다는 것을 익숙한 발소리도 다정하게 얇듯이 내는 끙 소리도 들리지 않는다는 것을 알았다. 불빛이 있는 곳으로 되돌아갔을 때도 두부와 두두가 없다면 너무나 서글플 것 같아 다리 아래 어둠 속에서 조금 무섭다고 생각하면서도 가만히 서 있었다. 피스가 어떻게 산책을 마치고 자신의 여행을 떠나갔는지 떠올려보려 했지만 오늘처럼 늦여름의 오후였다는 것 일요일 오후 너무나 부푼 마음으로 그리워하던 피스와 함께 산책을 했던 것만이 떠오를 뿐이었다. 오후의 시간이 그 순간 순간이 어떤 색과 빛으로 자리를 옮기는지 공기와 냄새가 어떠한지 열세 살의 시온은 생생히 느낄 수 있었다. 시온은 잘 외우고 있었다. 마치 매일같이 연습했던 것처럼 오래전 기억이 선명하게 떠올랐다. 우리가 기억해야 할 특성은 세 가지예요. 하나. 그림자 개는 그림자로 된 개다. 둘. 그림자 개는 산책을 한다. 셋. 그림자 개는 짖는다. 우리가 기억해야 할 것이 무엇인지 알아요. 우리가 기억해야 할 것은 눈을 감았다 뜨면 우리에게 다가오는 것으로 하나……그림자 개는 둘……우리와 함께……숨을 크게 들이마시고……

셋.
눈을 떠.

맞은편에서 희고 큰 개가 주인과 함께 다가와 시온을 보고 작게 한 번 짖었다. 시온은 셋 그림자 개는 짖는다 속으로 중얼거리며 왔던 길을 되돌아 걷기 시작했다. 두 마리 개와 함께 걷던 길을 혼자서 천천히 걸어갔다. 긴 산책을 그 순간들을 곱씹으며 걸었는데 그저 걷기만 했던 방금 전의 순간들이 생생하게 자신 안에서 만져지고 냄새 맡을 수 있었다. 바람의 냄새와 빛의 색을 되살릴 수 있었다. 한참을 걸어 주차장에 도착해 차를 몰아 집으로 돌아왔다. 그곳에 개 두 마리가 앉아 있었던 것을 시온은 개와 함께 늦여름 오후의 시간을 보냈던 것을 잊지 않는다. 그것은 첫 그림자 개였던 피스와의 산책처럼 마음 깊은 곳에 비밀로 남아 생생하게 존재한다. 집에 도착해 씻고 잠을 자려 누웠을 때 내일은 성당 사람들에게 연락을 해보아야겠다고 생각했다. 시간 날 때 두부와 두두를 보러 가보는 것도 괜찮겠는데 생각하며 잠이 들었다. 우리가 동시에 다른 방식으로 존재할 수 있다는 것을 그러니까 두부와 두두는 성당에 있으면서 시온을 찾아온 것이라는 것을 시온은 잘 알고 있었다. 서서히 몸의 긴장이 풀리고 오래 걸어 다리가 조금 아팠지만 어깨와 팔다리의 피로가 풀리며 기분 좋게 잠이 들었다.

그림자 개의 특성은 세 가지입니다. 시온은 그게 무엇인지 알면서도 그 순간엔 입이 잘 떼지지 않아 옆에 있는 사람에게 그게 무엇이지요? 물었다. 질문을 할 때도 말이 나오지 않아 마음속으로 정신을 집중하여 텔레파시로 물어야만 했다. 가위에 눌린 것일까 아무래도 그렇겠지? 생각하며 열심히 정신을 집중하여 물었다. 그때 어디선가 들어본 낮고 익숙한 목소리가 라디오 진행자처럼 차분하게 말했다. 네 제가 그림자 개에 관해 알고 있는 것을 이야기해드리겠습니다. 그림자 개라는 존재가 가진 특성은 세 가지라는 것입니다. 낮고 조금 거친 느낌이 있지만 신중한 목소리였고 시온은 익숙한 그 목소리에 귀를 기울였다. 첫번째로는 하나. 그림자 개는 그림자로 된 개라는 것입니다. 그다음은 둘. 그림자 개는 산책을 합니다. 셋. 그림자 개는 짖습니다. 눈을 뜨기 전에 기억해야 할 것이 있습니다. 우리가 기억해야 할 것은 우리가 무엇과 연결되어 있는지 우리가 무엇을 볼 수 있는지 우리가 무엇을 받아들일 수 있는지 하는 것입니다. 우리가 기억해야 할 것은 눈을 감았다 뜨면 우리에게 다가오는 것으로 눈을 뜨기 전에 우선 천천히 숨을 들이마셨다가 내뱉으며 하나……그림자 개는 둘……무엇보다 우리에게 산책을 요구하며 숨을 내쉬고 이제.

셋.
눈을 뜨세요.

태식은 예정대로 동면을 마친 시온의 상태를 점검하였다. 매뉴얼대로 수치를 보고 문제가 없음을 확인하였다. 눈을 뜬 시온에게 필요한 조치를 취하고 시온의 표정을 살폈다.

　— 이제 일어난 거야. 아무 문제 없어.
　— 근데 내가 신기한 걸 봤는데 말이야.
　— 뭘 봤는데?

　동면이 끝난 사람들은 보통은 그저 잠에서 깨어난 것처럼 자연스럽게 일어나는 경우가 가장 많았다. 그러나 긴 꿈을 꾸는 사람들도 드물지만 있었고 어떤 경우는 동면이 기억에 어떤 작용을 하는 것인지 없었던 일을 겪었다고 믿게 하거나 기억에 사소한 오류를 만들기도 했다. 태식은 가이드로 일하는 시온이 이것을 모를 리 없다고 생각했다. 아마 동면에서 깨어나 서서히 익숙해지면 지금 본인이 하는 말을 신기하게 생각하거나 조금 우습다고 여길지도 몰랐다. 시온은 아직 잠에서 덜 깬 얼굴로 그런데 조금은 흥분한 표정으로 동면 동안 꾼 꿈에 관해 이야기하기 시작했다.

— 아니 어떤 성당에서 개와 함께하는 성지순례를 운영하는 거야. 내가 그 담당자였는데 어느 날은 개와 함께 동네를 산책하다가 어떤 가족이 사는 집에 수상한 그림자가 기다리고 있는 것을 보게 되었고…… 그 그림자는 굉장히 크고 서늘하고 무서웠어. 누가 보아도 사신 같은 그림자였는데 나는 보자마자 무서워서 몸이 떨렸고 그런데 나와 함께 있던 개가 그 개는 그냥 평범한 그런 시골 개였는데 갑자기 막 맹렬하게 이를 드러내고 짖는 거야. 한참을 마구 짖었는데 그게 효과가 있었는지 그 죽음을 달고 다니는 것 같은 그림자가 반대편으로 서서히 사라졌어. 나는 그제야 개와 같이 성당으로 돌아왔는데 신부님께 이 이야기를 하니까 신부님이 나와 개를 데리고 기도를 해주셨어. 성수를 뿌려주셨고 그때부터 갑자기 긴장이 풀려서 그전까지는 괜찮았는데 갑자기 긴장이 풀리더니 다리에 힘이 들어가지 않는 거야. 주저앉았고 성당 바닥에 누워서 눈을 감고……

태식은 시온의 몸을 일으켜 필요한 약을 주었다. 방금 전까지 잠을 자던 시온의 얼굴은 단정하고 평화로웠다. 그러나 우리가 누군가의 얼굴을 오래도록 바라볼 때 변화 없는 그 얼굴은 늘 무슨 이야기를 하는 것만 같았고 그 때문에 태식은 가이드 일을 하는 동안 동면자의 얼굴을 오래 바라보지는 않는 편이었다. 이것은 태식만 그런 것이 아니라 동면 가이드 일을 하는 사람들이 공통적으로 이야기하는 해당 일의 특징이기도 했다. 그래서 아는 사람의 가이드 일을 맡지 않는다고 말하는 이들도 많았다. 태식도 자격증을 딸 때만 해도 그럴 결심을 하였으나 일의 시작이 형인 태인이었고 막상 형의 가이드 일을 맡고 보니 일은 역시 일일 뿐이라는 것을 알게 되었다. 그럼에도 모르는 사람의 가이드를 더 선호하기는 했으나 아는 이의 의뢰를 피하지도 않게 되었다. 태식은 형의 가이드 일을 하며 시온을 알게 되었고 그 이후로 한동안 만나지 못하다가 몇 년 만에야 시온의 가이드 의뢰로 만나게 된 것이었다. 약을 삼키고 미지근한 물을 천천히 마시던 시온은 아직 생각나는 것이 있는지 급한 목소리로 이야기를 이어나갔다.

—눈을 감고 있는데 신부님이 내 이마에 손을 얹고 숨을 천천히 크게 들이마시라고 하는 거야. 나는 무서운 것을 보고 난 후니까 막 몸이 긴장되어서 그 말대로 하는 것도 잘 안 되고 아무튼 그냥 누운 채로 숨을 헐떡이면서 숨을 천천히 들이마시려고 애쓰고 있을 때였는데…… 내 옆에는 개가 있고 신부님이 내 이마에 손을 얹고 그 옆에는 수녀님이 오셔서 내 손을 잡으시면서 무서운 것을 보았을 때 기억해야 할 것이 있다고 천천히 말해주시는 거야. 너무나 평화롭고 신뢰가 가는 그런 목소리였어. 천천히 설명해줄 테니 잘 들어보세요. 이렇게 말씀하셨는데…… 우리가 우리 자신과 세상을 연결하는 끈이 느슨하다고 느껴질 때 기억해야 할 것이 있습니다. 첫째로 하나. 눈을 감고 당신을 찾아오는 이를 떠올리세요. 둘. 그들은 당신을 산책으로 이끌 것입니다. 그렇게 하나 둘 셋을 셌는데.

　—세번째는 뭔데?
　—셋.

　셋.

눈을 떠.

동면이 끝난 시온은 태식의 가이드로 필요한 약을
먹고 서서히 생활로 돌아가기 위한 준비를 했다. 며칠
후 몸이 많이 회복되어 시온과 태식은 천천히 집 주변
을 걸었다. 오랜만의 산책이었다. 태식은 시온에게 동
면에서 깨어나자마자 했던 이야기를 기억하느냐고 물
었다.

— 그럼 기억하지. 옛날이야기 같다고 생각했거든 동
면하면서도. 개들이 정말로 사신을 쫓는구나, 그렇게
생각했어.

아직 다리에 힘이 부족한 시온은 천천히 걸음을 옮
겼고 시온과 태식의 옆으로 두 마리의 그림자 개가 여
자애 한 명과 함께 지나갔다. 여자애는 앞으로 손을 뻗
어 목줄을 쥔 상태로 두 마리의 그림자 개와 산책을 하
고 있었다. 여자애는 낯이 익은 얼굴이라 말할 수는 없
었지만 뿌듯함과 설렘을 띤 얼굴이었고 그런 얼굴은
보는 이들에게 각자의 시간 속에서 벅찬 감정을 살펴

보게 하였다. 그렇게 서로의 지난 시간을 펼치다 바라보는 여자애의 얼굴은 어느새 친근하고 다정한 얼굴이 되었고 서서히 자신이 갈 방향으로 멀어져갔다. 태식과 시온은 두 사람 앞으로 천천히 사라져가는 여자애와 그림자 개를 보았다. 태식이 시온을 처음 만났을 때 시온은 마른 사람이지만 어깨가 넓고 강인한 느낌이었고 태식은 시온과 멀어진 이후로도 문득 시온의 어깨가 떠오를 때가 있었다. 태식은 시온의 어깨를 내려다보며 그때가 떠올랐다. 태식은 그 시간을 떠올리다 여전히 단단해 보이는 시온의 어깨에 손을 올리고 시온은 그와 동시에 어릴 때 외고 외어본 적 없던 주기도문처럼 오랫동안 잊고 있던 문장이 선명하게 떠올랐다. 하나……그림자 개는 둘……우리에게 연결된 시간을 생각하다가……그들이 이끄는 대로 숨을 크게 들이마시고 내쉴 때. 태식은 시온의 어깨에 손을 올린 채 장난처럼 귀에 대고 왈! 하고 개 짖는 소리를 흉내내었다.

셋.
눈을 떠.

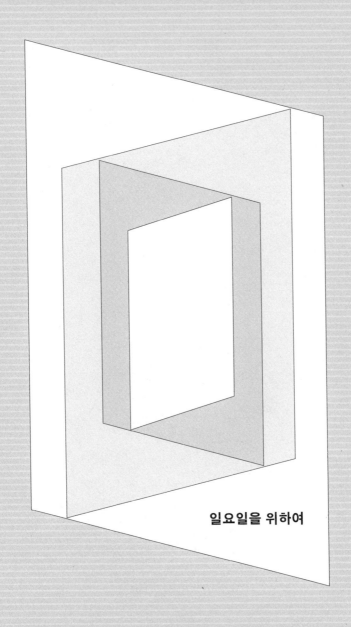

일요일을 위하여

약속 시간에 늦었다. 걸음을 빨리하면서 이대로 지나쳐버릴까 만나지 않는 방법도 있다. 시온은 왜 그런 생각이 드는지 모르겠지만 그런 생각을 했다. 흰 김을 뿜으며 약속 장소로 향하며 이것이 겨울의 서울이고 이곳이 어디인지는 알지만 조금씩 바뀌고 또 바뀌고 있으며. 오랜만이어서가 아니라 오는 길에 빈 건물을 많이 보아서인지 주변 풍경도 새삼스럽게 느껴졌다. 한 골목 전체에 철거가 예정되어 있었고 곳곳이 천막으로 가려져 있었다. 이전하는 곳의 약도가 매직으로 그려져 있었고 가게 이름과 핸드폰 번호가 그 옆에 쓰여 있었다. 사람들이 떠나고 밀려나고 있었다. 캐나다에서 돌아온 시온은 이 흐름이 밀물인지 썰물인지 자연스러운 어떤 것인지 아니면 완전히 그 반대인지 알 수 없다고 생각하며 세운상가 근처에서 태식과 만났다. 먼저 도착한 태식은 반대편을 바라보며 흰 김을 뿜고 있었다. 태식을 향해 손을 들어 짧게 인사하였다. 시온은 가볍게 태식의 안부를 묻고는 익숙하게 공구 상가와 인쇄 업체가 있는 골목을 향해 가고 태식은 조용히 그 뒤를 따랐다. 멀리서 공사하는 소리가 들려왔고 그 소리는 두 사람이 실내로 들어설 때까지 이어졌다. 시온이 태식을 처음 만났을 때처럼 겨울이었고 한파주의보가 내린 날이었고 하지만 단단히 준비를 해서인지 생각만큼 춥지는 않다고 생각했다. 추운 건 귀찮은 일이야 왜 그런 생각이 들었는지 모르겠는데 아마 장갑을 벗었다 주머니에 넣었다가 다시 끼고 그걸 반복해서인가.

시온은 캐나다에서 태식에게 편지를 썼다. 가이드로 일하는 동안 할 수 있는 일들 — 스트레칭, 독서, 뜨개질, 가계부 정리, 일기 쓰기 그리고 편지 쓰기가 있을 것이고 시온은 넓고 조용한 방에서 동면자를 바라보며 편지를 썼다. 어떤 것이 적당한 일이고 어떤 것은 어울리지 않거나 하면 안 되는 일일까. 독서는 괜찮을 것 같지만 텔레비전 시청은 안 될 것 같다. 편지는 괜찮지만 긴 전화통화는 안 될 것 같다. 홀로 긴 시간을 보내야 하지만 동면자에게 신경의 한구석은 늘 내어주어야 하기 때문이다. 몸과 정신의 일부는 바짝 긴장을 하고 있어야 한다. 소리도 들어야 하고 종종 고개를 들어 상태를 살펴야 하는데 텔레비전 시청이나 라디오 청취는 자칫하면 정신을 뺏길 것만 같다. 시온은 캐나다에서 동면 예정자 한 명을 소개받았고 그의 가이드를 맡았다. 그리고 그의 가이드를 하는 동안 태식에게 편지를 썼고 그것을 모아 가이드 일을 마치고도 한참이 지나서야 메이플시럽과 스웨트셔츠 같은 것과 함께 태식에게 소포를 보냈다. 시온은 소포를 보낼 때가 되어서야 이것을 태인이 아니라 태식 앞으로 보내는 것이라는 사실을 의식했다. 조금 어색하다는 생각도 들었다. 태인이 sion이라는 이름과 taesik이라는 이름을 읽을지 모른다. 태식은 이것을 혼자서 펼쳐보겠지만 방문 너머에 태인이 있다는 생각 그러니까 태식에게 보내는 것이지만 이 상자가 도착하는 곳에 태인이 있다는 생각 시온은 태인과 태식이 서로 보지 않을 장면 두 사람은 보지 못

할 풍경이 순간 보이는 듯했다. 하지만 이건 모두 다 착각일지 모르지 완전히 착각이지 생각하며 소포를 부쳤다.

시온은 오래된 상가 사무실로 태식을 안내했다. 친구의 작업실인데 친구는 겨울 동안 제주도에 머무느라 지금은 시온이 쓰고 있었다. 계단을 오를 때 창 너머로 공사중인 세운상가 근처 건물과 건축 연도가 짐작이 안 되는 오래된 건물의 낮은 옥상과 명함과 기념품을 인쇄·제작하는 업체의 간판이 보였다. 그 사이사이 최근 입주한 젊은 사람들이 운영하는 식당과 옷가게, 서점이 있었고 아마도 무슨무슨 무역 무슨무슨 상사일 작은 사무실의 창문도 보였다. 공사하는 소리 사이로 위층에서 음악이 흘러 들어왔다.

─소포 고마워.

시온은 태식이 이전과는 조금 달라 보인다는 생각이 들었다. 굉장히 친근하면서도 조금 낯설었다. 거리가 느껴졌는데 그러다가도 마주하고 보니 안심이 되었다. 이전보다 마른 듯했지만 얼굴은 더 편안해 보였다. 태식은 한동안 고향에 내려가 있어서 어제 소포를 받아서 정리했다고 말했다. 지하철에서 편지의 앞부분을 읽으며 왔다고. 미안 뭐든 읽는 데 시간이 오래 걸려서…… 오래된 사무실 공기는 차가웠고 전기난로가 사무실 한가운데에서 공기를 데우고 있었다. 이곳도 이전에는 무역 회사 사무실이었다고. 이전 회사가 두고 간 사무용 캐비닛과 파티션 몇 개가 이곳을 어중간하게 사무실처럼 보이게 했다. 시온은 창문을 활짝 열고 물을 끓였다. 추워도 조금 참아. 태식은 난로 앞 소파에 앉았고 시온은 자신의 자리인 듯 보이는 책상 앞으로 가 앉았다.

—여기서 지금 읽어도 돼.

—정말? 어색하지 않아?

—안 어색해. 안 부끄러워. 나도 궁금하다 뭐라고 썼는지. 예전에 쓴 거라 아마 잊어버린 것도 많을 거야.

—그런가. 그럼 읽어볼래? 아니다 읽어줄래?

시온은 커피를 마실 거냐고 묻고 태식은 고개를 끄

덕이고 잠시 뒤 시온은 소파 앞 테이블에 컵 두 개를 놓는다. 시온은 태식이 읽고 있던 편지를 받아와 소파에 앉아 잠시 읽는 듯하다가 그것을 책 읽는 것처럼 낭독하기 시작했다.

〔내가 하게 된 일을 설명해줄게. 하나는 가이드 일이고 하나는 번역 일이야.〕

태식은 눈을 감고 소파에 등을 기대고 시온의 편지를 들었다. 시온은 커피를 한 모금 마시고 방금 읽은 부분을 다시 읽었다.

〔내가 하게 된 일을 설명해줄게. 하나는 가이드 일이고 하나는 번역 일이야. 내가 그 일을 맡게 된 것은……〕

시온이 캐나다에 간 지 반년쯤 지났을 무렵 교회에서 알게 된 수정이 할말이 있다고 집에 들러줄 수 있느냐고 물었다. 수정은 그저 몇 번 만난 것이 다인데 어쩐지 주변과 조금 겉도는 느낌을 주는 사람이었고 시온은 자신 역시 크게 다르지 않다고 생각하였다. 수정은

시온의 비자와 가이드 자격의 종류, 다니는 학교를 묻
더니 여기서도 가이드 일을 해보겠느냐고 물었다.

— 나도 가이드 일을 했거든. 지금은 안 하지만.
— 수정씨가 해도 되잖아요?
— 나는 이제 못하겠어. 술을 마시면 안 되잖아? 긴장
하며 해야 하는 일을 이제 더는 못하겠어.

수정은 이미 코냑을 따라 마시고 있었고 말도 안 되
는 이야기라는 것을 잘 알지만 시온은 종종 알코올중
독자들이 사람을 보는 눈이 냉정하다고 생각했다. 언
니를 따라 교회를 다니기는 했지만 시온은 교회가 편
안하면서 답답했고 어떻게 편안하면서 답답할 수 있느
냐면 편안하다고 다짐하고 다짐하면 편안해졌기 때문
에 편안했고 그럴 때에만 편안했다. 아마 언니가 아니
었다면 가지 않았을 것이다. 수정을 처음 만난 곳은 교
회였지만 정작 교회에서 본 것은 처음 한 번이 다였고
그 외에는 슈퍼에서 두 번 또 카페에서 한 번이었는데
왜인지 이 사람은 다른 사람보다 대하기가 편하다는
생각을 했다. 시온이 그렇게 느낀다는 것을 수정도 알

아본 것이겠지. 수정은 나이 차이가 많이 나는 남동생
이 교도관으로 일하는데 그곳의 의뢰를 받아 한인 수
감자들의 편지나 한국에서 가족들이 보내오는 편지를
영역하는 일을 한다고 했다.

　— 일이 많이 들어오면 그것도 나눠줄게.
　— 안 되지 않을까요. 영어로 써야 하는 건 어려울 것
같아요.
　— 쉬운 문장으로 간단히 내용을 전달하면 되는 일이
니까 생각보다 할 만할 거야.

　수정은 새로 잔을 채우며 어쨌거나 동면 예정자는
미리 만나보는 편이 좋을 것이라고 했다. 서른둘의 한
국인 여성이라고 했고 한국에서 동면 경험이 있다고
했다. 결혼을 앞두고 있으며 결혼식을 마친 후 이 주간
동면을 할 예정이라고. 시온은 오랜만의 가이드 일인
데다가 동면자가 한국인이래도 외국에서 맡는 일이라
아무래도 조금 부담이 되었다. 하지만 돈을 버는 일을
아무것도 안 하고 있을 수는 없었고 보수와 조건이 이
전보다 확실히 좋았다.

―그럼 상대방은 뭘 하는 거예요? 결혼을 하고 바로 동면에 들어가버리면?

수정은 어느새 비워진 잔을 채우더니 상대방은 수감자라고 하였다.

―봉사를 하면서 만나게 된 건데 내가 결혼식 증인으로 들어가게 될 거야. 끝나고 소개시켜줄게.

수정은 교도소측의 배려로 상대방도 같은 기간 동면에 들어갈 것이라 하였다. 굉장한 배려지? 수정은 웃으며 시온을 바라보았다. 시온은 이것을 거절하지 않을 것이다. 수정도 그것을 알고 시온에게 제안을 했다. 시온은 자신이 이것을 승낙하리라는 것을 알면서도 순간적으로 수정에게서 거부하기 힘든 힘을 느꼈다. 강요하는 것은 없었지만 왜인지 거절하기 힘든 강렬함이 있었고 시온은 잠시 자신이 지금 느끼고 있는 강렬함을 바라보았다. 수정의 시선을 피하지 않고 그대로 받아들였다. 그러나 바라보아도 이 사람의 힘이 어디서

오는지는 알 수 없었고 시온은 수정이 그때그때 떠오르는 것을 그대로 실행하고 결정하는 사람이라고 느꼈고 그게 이 사람의 힘인가보다 그렇게 일단 착각해보기로 했다.

— 그럼 상대방의 동면은 누가 맡는 거예요?
— 교도소에 자격증을 가진 사람들이 있나봐. 외부에서 찾지는 않을 거래.

틈틈이 술을 마시고 잔을 채우고 그 와중에 오븐에 넣은 라자냐를 살피던 수정은 타이머가 끝나는 소리와 함께 자리에서 일어나 오븐에서 라자냐를 꺼내 접시에 먹음직스럽게 담았다. 오렌지가 올라간 샐러드가 적당한 자리에 놓이고 수정은 시온에게 다 마신 사과주스를 더 마실 거냐고 눈으로 물었다.

— 저도 한잔할게요. 아무거나 주셔도 괜찮아요.

수정은 와인을 가져와 따라주었다. 두 사람은 이제 해야 할 일과 나눠야 할 대화를 모두 마친 듯 천천히 라자냐를 먹고 수정은 라디오를 켜고 클래식 음악이 나오는 방송으로 채널을 맞춘다. 식사를 마치고 수정은 모카포트로 커피를 내리고 두 사람은 커피를 두 잔이나 마시고 쿠키를 잊었네 수정이 선물받았다는 쿠키 상자를 가져오려고 일어섰을 때 시온은 그때서야 돌아온 수정의 남동생을 소개받고 남동생은 남은 라자냐를 식은 커피를 마시듯 먹은 후 시온을 데려다주겠다고 차 키를 들고 일어났다. 이른 시간에 만나서인지 아직 아홉시도 되지 않은 때였다. 수정의 남동생이 시동을 걸었을 때 내린 창으로 차가운 밤공기가 느껴졌고 와인 때문인지 얼굴이 뜨거웠다. 누군가 부르는 소리에 고개를 돌리자 수정이 시온이 두고 간 머플러를 들고 뛰어오는 것이 보였다. 뭐가 먼저였더라. 어두운 밤 창 너머로 수정이 보였다가 순간적으로 사라졌다. 뛰어오던 수정은 넘어지고 급히 세운 차는 흔들리고 남동생이 미안하다고 사과를 하고 두 사람은 급히 차문을 열고 수정은 금세 일어나 머플러를 건넸다. 손바닥에는 피가 맺혀 있었다. 시온은 돌려받은 머플러를 다시 매지도 못하고 가방에 넣지도 못하고 집으로 돌아오는 동안 손에 쥐고 있었다. 집에 돌아와서는 아직 자기에 이른 시간이지만 어쩐지 피곤하여 씻고 금세 잠들어버렸다.

다음날 수정은 번역을 의뢰받은 편지를 봉투에서 꺼내 들고 테이블에 앉았다. 시리얼을 먹을 때 쓰는 큰 컵에 홍차 티백을 두 개 넣어 뜨거운 물을 붓고 홍차 향을 들이마시며 편지를 펼쳤다. 편지를 보낸 사람은 김내순이었고 편지를 받는 사람은 정현이었다.

할머니를 대신해서 편지를 쓴다. 삼촌이다. 너도 너의 할 일을 그곳에서 하고 있을 것이라 생각한다. 나도 고모도 할머니를 돌보며 힘들게 살고 있다. 너에게 방법이 없는 것처럼 우리도 별다른 방법이 있지는 않다. 그러니 하루하루 충실히 살기를 바란다. 할머니와 고모 삼촌 모두 건강히 살고 있다.

수정은 편지를 우선 타이핑하고 한 문장씩 차례로 영어로 번역하였다. 두 통의 편지를 끝내고 나서 마시기로 정하였기 때문에 마음은 점점 조급해졌다.

봉현사 스님께서 부적을 써주셨다. 할머니가 매주 절에 가신다. 이번에는 매일 새벽같이 가셨다. 몸에 지닐 수 있도록 부탁해보거라.

봉투 안에 부적은 없었다. 수정은 부적은 어디로 간 것일까 잠시 생각하며 몸조심을 당부하는 편지의 번역을 끝냈다. 다음 편지는 더 짧았다. 아이와 이사를 가게 되었다는 내용이었다. 한 줄만 더 하면 돼 한 줄만 더 하면 돼 스스로 당부하며 이어나가다보니 끝낼 수 있었다. 술을 잔에 따르고 소파에 누워 부적이 어떻게 생겼을지 잠시 생각해보았다. 아마 봉투 안에 부적이 들었다면 훔치고 싶어졌을 것이다. 실제로 훔치지는 않겠지만 말이다. 내가 그걸 잠시 품에 안고 있으면 나에게 좋은 일이 아니 나쁜 일이 생기지 않을 거야 잠시 그런 생각이 들었고 품안에 부적이 있는 것처럼 팔로 스스로를 끌어안았다. 더이상 나에게 나쁜 일이 생기지 않는다면 나는 아프지 않고 그리고…… 어제 팔과 손바닥에 바른 약 냄새가 코냑 냄새와 섞여 올라오기 시작했다.

며칠 뒤 수정은 오랜만에 정장을 입고 남동생과 함께 남동생의 직장으로 향했다. 수정은 마약 판매와 살인으로 복역중인 수감자와 결혼을 결심한 한국인 여성의 결혼식에 참석할 것이다. 두 사람의 사랑이 진실되며 두 사람은 서로를 신뢰하고 있음을 증언하고 누군가 그것을 의심할 때 두 사람은 신뢰와 사랑으로 맺어진 관계이며 자신은 그것을 보았노라고 증언하게 될 것이다.

　날씨가 좋았고 햇빛은 반짝였고 바람은 기분 좋게 불어왔지만 공기는 어쩐지 서늘했다. 아마 조금 긴장하고 있었는지도 모르겠다. 차에서 내려 남동생과 함께 미리 나온 직원을 따라 사무실 안으로 올라갔다. 주의사항을 안내받고 서류에 여러 번 서명을 하고 소지품 검사를 두 번 받고서야 식장으로 들어갈 수 있었다. 식장은 703이라는 팻말만 달린 넓고 텅 빈 사무실이었고 가운데 책상을 두고 신부와 신랑이 조금 떨고 있는 젊은 여자와 왠지 슬픈 듯 멍해 보이는 마르고 나이든 남자가 서 있을 뿐이었다. 하지만 미리 들은 정보대로라면 남자는 수정보다 어릴 것이다. 그들 뒤로 목사처럼 보이는 남자가 남동생의 상사와 이야기를 하고 있었다. 수정은 안내받은 대로 신부 뒤에 선 채 신부의 어깨를 살짝 두드리고 아름답다고 속삭였다. 시간이 지나면 오늘 일을 제대로 정확하게 되짚어보고 싶을지도 모른다. 차에서 내리면서부터 긴장이 되어서인지 곧 자신도 모르게 무언가 참을 수 없는 기분 터져버릴 것 같은 기분이 되어 불안하기만 했다. 그저 정해진 일들을 빨리 해치우고 집으로 돌아가 술을 마시고 싶다는 생각만 들었다. 술 생각만으로 가득차 누가 건드리기라도 하면 펑하고 터질 것 같았다. 이제 정말로 정말로 긴장된 상태를 견디기 힘들었다. 미처 예상치 못했네 이 일로 내가 이리도 긴장할 줄은 비좁고 비좁은 여유를 짜내어 잠시 생각이라는 것을 하며 매 순간 스스로의 상태를 테스트해야 하는 일에 익숙해진 줄 알았으나 전혀 아니었고 그것이 조금 슬펐고 나는 완전히 그러니까 완전히…… 슬픔에 온몸이 빠져들기 직전 직원의 안내에 따라 네 저는 두 사람의 혼인을 증명합니다, 이 일에 조금의 거짓도 없습니다 말하였다. 목사의 축복은 생각보다 길어지고 수정은 너무나 술이 마시고 싶었고 주위 사람들을 챙기고 사람들과 인사를 나누는 남동생에게 어지러워서 얼른 집에 가고 싶다고 작게 말했다. 어떻게 차에 올라타 집에 도착했을까. 들키고 싶지 않은 마음으로 집에 도착하자마자 남동생에게 간신히 여유롭게 웃어 보이며 방으로 올라가 의자 뒤에 세워둔 마시다 만 와인을 커피잔에 따라 마시고 누웠다. 침대는 언제나 아늑했고 내일은 시온과 신부를 서로에게 소개해주어야 한다.

결혼식장은 빛으로 환했다. 태인은 결혼식장 안에 있지도, 그렇다고 멀리 떨어져서 그곳을 보는 것도 아닌 조금의 거리를 두지만 자세히 살필 수는 있는 곳에서 식장을 바라보았다. 태인이 동면을 하는 동안 본 것은 시온의 결혼식장이었다. 그곳이 정말 결혼식장이었는지 아니면 이전에 가본 성당이었는지 어떨 때는 그저 넓은 테이블만 준비되어 있기도 했다. 넓은 테이블에 사람은 아무도 없고 벌어지는 일이 아무것도 없는데도 태인은 그곳이 시온의 결혼식장이라 생각했다. 흰 테이블보가 덮여 있고 창에서 햇살은 비스듬히 내려오고 아주 먼 곳에서 음악이 들렸다. 직접 연주하는 것 같은 피아노와 바이올린 소리가 멀리서 들려왔다. 시온이 결혼을 하는구나. 너는 어디서 누구와 함께 있니. 태인은 동면중일 때면 늘 시온을 볼 수 있었다. 물론 이것을 다른 동면자들이나 가이드들은 다르게 부를 것이고 흔히 경험하는 현상이라고 해야 할지 착각 중 하나라고 설명할 것이다. 하지만 태인은 동면중일 때면 시온을 강하게 느낄 수 있었다. 볼 수 있었다. 그것을 확신하게 되었던 때는 시온이 태인의 가이드를 맡았을 때였다. 태인은 시온의 움직임과 흐름을 생생하지만 편안하게 느낄 수 있었고 두 사람을 연결한 흐름이 어딘가에서 부드럽게 물결처럼 움직이고 있었다. 어떤 면에서 태인은 동면중인 자신의 상태를 의식하고 있는 셈이니 이것을 바람직한 동면이라 할 수 있을지는 모르겠다. 그러나 태인이 있던 곳은 편안하고 상쾌했고 시온의 감정적 흐름이 빗소리가 들리는 것처럼 커피 향이 퍼지는 것처럼 의심 없이 생생하게 느껴졌다. 그럼에도 화가 나거나 불쾌하지 않았고 괴롭지 않았다. 자연스러웠는데 조금 슬펐고 그래서 편안했다. 태인에게 자신이 쓰고 있는 베개와 침대가 보였다. 원래 쓰던 것이 아니지만 이곳에서는 자신의 것이었다. 태인이, 태인과 시온이 아니면 어떤 힘이 만든 그곳은 태인이 가진 적은 없었지만 익숙한 곳이었다. 그리고 그

곳은 어딘가에 있을지 모르지만 지금의 두 사람은 그
곳에 머물 수 없다. 그것은 과거라고도 추억이라고도
할 수 없고 어쩌면 반복할 수 있는 가능성일지도 모르
겠지만 태인은 그것을 반복할 수 없다고 생각한다. 과
거라고 생각한다. 그것을 정확하게 스스로에게 설명하
며 결혼식장의 문을 닫고 나왔다. 사람은 아무도 없고
빛으로만 가득차 있었다. 돌아서는 목덜미와 등에도
햇빛이 따뜻하게 쏟아지고 있었다.

〔나는 며칠 전 결혼식을 치렀다는 신부의 얼굴을 바
라보았어. 무언가 신경을 쓰는 일이 많았는지 눈썹 사
이 주름이 눈에 띄었고 나는 그 주름이 움직이며 만들
표정이 무엇일지 잠깐 생각해봤어. 자고 있으면서도
왠지 잠을 뒤척일 것 같은 얼굴 같다고 첫날엔 그런 생
각을 했어.〕

시온은 식은 커피를 다 마시고 여전히 눈을 감고 있
는 태식을 보았다. 시온은 손을 들어 태식의 이마에 댔
다. 손바닥으로 태식의 숨이 느껴졌다. 여기 눈썹이 있
고 여기 얼굴이 있다는 것이 뜨거운 일로도 차가운 일

로도 느껴졌다. 잘 안다고 느꼈던 얼굴은 순간 이해할
수 없는 일처럼 느껴지고 그런 생각으로 눈썹을 쓸던
손을 멈췄을 때 눈을 뜬 태식은 시온의 손 위에 자신의
손을 포갰다. 두 사람의 손으로 가려진 태식의 얼굴을
바라보다 시온은 캐나다에서 태인을 만났던 것을 떠
올렸다. 두 사람은 서로 전혀 닮지 않았다고 했지만 마
주앉아 바라보는 얼굴은 종종 서로를 불러냈다. 어쩌
면 그런 생각을 하고 있다는 것을 늘 들켰을 것이다. 그
럴지도 모른다는 생각이 이제야 들었고 그러자 겹쳐진
두 손으로 자신의 얼굴을 감싸고 싶어졌다. 그러나 가
려진 얼굴도 말을 하고 있다 계속해서. 시온은 두 사람
의 손과 그 너머의 얼굴과 그것이 말하는 것을 바라보
았다.

　다음날 잠에서 깬 수정은 와인 한 병을 새로 따 절반
쯤 비운 후 시온에게 연락을 하여 약속을 정했다. 바로
그날 오후 세 사람은 만나기로 하였다. 수정은 먼저 집
으로 온 시온에게 동면은 근처 호텔에서 진행될 것이
라 전했다.

―이걸 신혼여행처럼 생각하는 것 같아. 그래서 혼
자 살면서도 호텔을 골랐다고 하더라고.
　―아. 결혼 후에 동면을 함께 진행하는 커플이 없지
는 않다고 저도 종종 들었어요.
　―그래? 같은 꿈을 꾸거나 하는 건 아니잖아.
　―그런가…… 그렇죠.

　동면 예정자의 이름은 김명주라고 하였다. 명주는
길을 헤매는지 늦고 있었고 시온은 긴장이 되어서인
지 자꾸 물을 마셨다. 수정은 술을 마시고 싶었지만 참
고 있었고 하지만 언제까지 참을 수 있을까 명주가 오
고 인사를 하고 분위기가 부드러워진다면 와인을 권할
수 있을 것이다. 치즈와 크래커를 몇 개 접시에 내밀면
그럭저럭 신경쓴 것처럼 보일지도 모른다. 시온은 이
일을 할 것이지만 갑자기 거절하고 싶어졌고 왜냐면
어떨 때 동면자와 가이드는 너무나 밀착되어버리기도
하니까. 시온은 태인과의 시간이 잠시 떠올랐고 이제
는 누군가의 영향을 정말로 받고 싶지가 않았다. 수정
이 긴장된 일을 하고 싶지 않다고 습관처럼 말하는 것
처럼 말이다. 여기까지 와서 그런 생각이 드는 것은 명

주가 수감자와 결혼을 결심한 사람이라서 시온은 그런 사람을 본 적이 없었고 그게 막연하게 두려웠다. 커튼 너머 벌어진 일을 봐버릴까봐 천천히 거기에 말려들어 갈까봐. 이것은 그저 일이라는 것을 알면서도 불안을 떨칠 수가 없었다. 수정과 시온이 각자의 이유로 불안함을 꾹꾹 누르고 있을 때 벨은 울리고 수정의 남동생이 마르고 키가 큰 여성과 함께 들어왔다.

— 근처에서 헤매고 계시더라고.

수정은 여자에게 다가가 여자의 어깨를 끌어안았다. 수정이 여자보다 작았지만 수정이 안기는 느낌은 들지 않았다. 수정의 두꺼운 팔이 힘주어 여자의 어깨를 안고 있었다. 시온은 불안을 억누르고 웃으며 인사를 하였다. 수정의 남동생은 소리도 없이 소파에 앉아 핸드폰을 확인하고 있었고 수정은 명주와 시온을 서로에게 소개했다. 수정은 홍차를 내려주었고 가볍게 인사를 마친 두 사람은 동면 조건과 가지고 온 서류를 확인하였다. 다소 서두르는 느낌으로 계약서를 작성하고 명주는 서명한 계약서를 내일 근처 병원에 제출하겠다고 말했다.

　— 봉사를 하다가 만나셨다고 하셨죠?
　— 네.

　명주는 어색할 정도로 짧게 대답을 하고 한동안 말이 없었는데 곧 뭔가 필요하다고 생각했는지 잠시 뒤 말을 이어나갔다.

　— 들으셨는지 모르겠지만 사고였어요. 고의가 아니라요. 제가 정말로. 저는 그 사람을 믿고 있고요. 저만 그렇게 믿고 있는 것이 아니라 실제로 사건을 찾아보실 수도 있어요.
　— 아니에요. 저도 그렇게 전해 들었어요.

　시온은 자신이 이 일을 아무렇지 않게 생각한다는 제스처를 해야 할까 잠시 망설였지만 그러지 않는 편이 좋을 것 같다고 생각했다. 수정은 서류 작업이 끝난 것을 확인하고는 치즈케이크와 와인을 들고 왔다. 명주는 술을 전혀 마시지 않는다고 하였고 시온은 조금만 마시겠다고 하고는 한 모금 넘긴 것이 다였다. 수정만이 빠르게 한 잔을 비우고 다음 잔을 채웠다. 동면은 일주일 뒤 근처 호텔에서 시작하기로 하였다. 시온은 인사를 마친 후 근처에 약속이 있다며 먼저 일어나 수정의 집을 나왔다. 무언가 돌이킬 수 없는 일을 해버린 것 같았다. 이 기분이 과장이고 괜한 걱정임을 알면서도 불안함은 가시지 않았고 시온은 공원을 거리를 걸었고 더욱더 돌이킬 수 없는 것을 돌이킬 수 없는 방향으로 해보자는 생각을 잠시 하다가 무슨 생각을 하는 거야 불안으로 스스로를 몰고 가는 흐름을 바꿔보려 했지만 잘되지는 않았다. 식료품점에서 버터비스킷과 애플사이다를 사서 언니의 집으로 돌아왔다. 문을 열어준 조카가 갑자기 시온의 다리를 껴안았다. 시온도 조카를 껴안았고 조카를 안고 방으로 들어가 함께 비스킷을 나눠 먹었다. 사람은 형체가 있고 체취가 있으며 사람은 만질 수 있고 조카는 시온의 옆에서 언제나처럼 이것과 저것을 쉬지 않고 물어보았다. 그래서 그날 밤 시온은 잠이 들 수 있었다.

시온은 이 주간 맡은 일을 해냈다. 아무 무리 없이 해냈다. 무리 없이 해냈다는 설명은 적절하지 않은데 실제로 아무 일도 벌어지지 않았고 일은 더없이 무난했다. 걱정과는 달리 오히려 쉬운 축이어서 해냈다는 말보다 할 일을 했다 정도로 말해야 할 것 같았다. 시온은 명주의 낯선 얼굴을 실제로 낯선 사람이기에 익숙하지 않은 그 얼굴을 살피며 물론 어느 한순간 이 사람을 이해해버렸다는 착각에 빠지는 순간이 어김없이 찾아오기는 했으나 그러한 감정을 포함하여 이전과 다름없이 가이드 일을 마쳤다. 학기를 마치고 방학이었고 며칠 쉬다 공부를 해야겠다고 생각하고 있을 때 태인에게 연락이 왔다. 이제 동면은 지겨워 나는 옛날 사람처럼 여행을 다닐 거야. 시온은 이게 태인이 하는 농담이라는 것을 알았고 농담에 이어지는 캐나다에 들를 것이라는 메일을 읽고 곧 답장을 보냈다. 여행이 끝나고 또 모든 것이 지겹다는 것을 알게 되겠지? 그래서 지겹다는 말은 자주 쓰면 안 돼. 너는 이미 너무 많이 써버렸지만 말이야. 보내고 나자 이메일의 보낸 사람 이름을 보고 놀랐던 마음이 서서히 차분해지기 시작했다. 생각지도 못했던 이름이었고 너무나 오랜만이었고 그런데 그냥 반가웠고 생각보다 슬프거나 괴롭지는 않았다.

― 왜 말도 없이 가버린 거야?

몇 주 뒤 캐나다에 온 태인을 만나 예전과 똑같이 맛있는 것을 먹고 웃으며 이야기하다 나온 말에 시온은 그 말이 무슨 말인지 더듬고 살피느라 바로 대답이 나오지 않았다. 회피하려는 것도 아니고 변명을 하려는 것도 아니었다. 단지 정말 내가 말도 없이 가버린 건가 말도 없이 가버린 사람이 태인이 아니라 자신이었나 잠시 생각했다.

― 말도 없이 가진 않았어.
― 알아. 그리고 말도 없이 갔다 해도 이상하지 않아.

태인은 웃으며 가볍게 대답했다. 그 말은 두 사람이 오랫동안 만나지 않았고 이미 이전과 같은 방식으로 만날 수도 없다는 것을 다시 한번 곱씹게 했다.

― 그런데 그냥 한번 말해보고 싶었는데, 말하고 나니까 이게 말도 안 되는 말이다.

두 사람은 다시 웃으며 먹던 것을 먹고 물을 마시고 술잔을 몇 차례 비우고 이야기를 하다 커피를 마시고 자리에서 일어났다. 시온은 태인이 묵는 호텔 앞에서 손을 흔들었다. 이상하게 이곳이 이 도시가 문득 이전과는 다르게 보였다. 출장 온 것처럼 보이는 정장 차림의 사람들이 슈트케이스를 끌고 지나갔다. 피곤할 때 오히려 두드러지는 전투성을 드러내며 빠르게 자동문을 통과하고 있었다. 그들이 모두 사라진 후 태인은 웃으며 천천히 호텔 안으로 들어갔다. 손을 흔들던 시온도 곧 몸을 돌려 집으로 향했다. 걸으며 그런데 정말로 말없이 떠난 게 맞다고 생각했다. 한 번도 그런 생각을 한 적이 없었는데 지금은 그런 생각이 들었고 그러나 말없이 떠나는 게 아니라면 사람이 어떻게 다른 사람을 떠날 수 있는 것인지 모르겠다는 생각 다른 방법은 없는 것 같다는 생각도 들었다. 왜인지 쌀쌀하게 느껴져 가방에서 머플러를 꺼냈고 걸어가며 머플러를 목에 둘렀다. 태식을 만날 때면 무척 다르지만 어딘가 태인을 느낄 수가 있었는데 태인을 오랜만에 만나자 그게 다 착각이라고 두 사람은 완전히 다른 사람이라고 누군가 냉정하게 말하고 있었고 그 사람이 태인인지 시온 자신인지 그건 잘 모르겠다. 그날은 피곤하여 그 이상을 생각할 수 없었고 간신히 씻자마자 바로 잠이 들었다. 조카가 이모? 말하며 자다 깨서 뛰어나왔다. 시온의 침대에서 시온은 조카를 안고 잠이 들었다. 아침에 조카가 깨웠지만 일어날 수 없었고 언니가 옆에서 쉿 이모 피곤해 말하며 문을 닫고 나가는 소리를 잠결에 들었다.

그때의 포근하고 평안한 방안의 공기가 떠오르자 시온은 난로 옆에 있으면서도 갑자기 사무실 안이 춥게 느껴졌다. 손을 떼고 일어나 물을 끓였다. 창에 다가가면 위층 빈티지 숍에서 틀어놓은 음악이 희미하게 들려왔다. 숍의 주인은 젊은 여자였는데 언젠가 위층 화장실 공사를 했던 때 마주쳤던 적이 있었다. 조용하고 친절했고 공사 때문에 잠깐 쓰겠다고 말하던 얼굴이 떠올랐다. 아직 한 번도 안 가봤네 음악을 듣다 이제 공사하는 소리가 안 들린다는 것을 깨닫고 친구가 돌아오면 같이 위층에 구경가보자고 해야겠다 생각하다 고개를 돌렸다. 물은 끓으며 흰 김을 내뿜었고 이 김은 따뜻한 색이다 생각하고 그 너머 태식은 어느새 잠든 사람의 얼굴을 하고 있었다. 태식의 잠든 얼굴을 본 적이 있었나. 문득 태인의 잠든 얼굴은 어땠더라 생각하고 태인의 잠든 얼굴과 태인의 동면중인 얼굴은 달랐는지 자신은 그 둘 다를 알고 있는지 떠올려보았지만 어느 것도 자신이 없었는데. 잠든 얼굴은 어둠 속에 있잖아 금방 떠오르지 않을 거야. 그렇지만…… 뜨거운 물을 다시 컵에 따르고 잠에서 깬 태식은 손으로 얼굴을 비비다 창을 가리킨다.

—눈이다.

눈은 먼지처럼 작고 가냘펐다.

—정말이네. 어설픈데 좋네.

태인은 호텔 문 앞에 서서, 몸을 웅크린 채 머플러를 꺼내는 시온의 뒷모습을 바라보았다. 어느 날 눈 내리는 길을 두 사람이 함께 걷는 것을 태인은 본 적이 있었는데 눈이 내리지만 춥지 않았고 시온은 천천히 눈을 밟으며 걷고 있었다. 나뭇잎에 쌓인 눈을 장난처럼 흔들며 그때 시온은 옆에 있는 사람과 웃으며 길을 걷고 있었다. 태인은 점점 작아지는 눈앞의 시온을 보며 눈길을 걷는 시온을 함께 보았다. 길가의 나무를 가볍게 흔들고 장갑을 벗어 일부러 눈을 만지고 뭉쳐보며 웃음이 번져나는 것을. 태인은 서서 바라보다 방으로 올라갔다.

한참을 함께 나란히 서서 눈 구경을 하던 두 사람은 이제 나가서 저녁을 먹기로 하였다. 눈은 희미하게 흩날리다 사라졌고 건물 밖으로 나서자 아무런 흔적도 남아 있지 않았다. 그러나 공기 중의 물 냄새가 오늘 눈이 왔다고 말하고 있었고 눈이 온 날은 눈이 오지 않은 날과 다르지 둘 중 누군가 그런 생각을 했는데 그 생각은 공기 중으로 흩어져 둘 중 누구의 생각이었는지 곧 알 수 없게 되었지만 그렇게 흩어지는 것들이 어딘가에 앉아 있을 것이라는 말이 어디선가 들려오고 그럼 그 말은 누가 한 말이었을까. 그런데 곧 함박눈이 올 거야. 시온은 왜인지 그런 예감으로 곧 쌓일 눈이 보이는 것처럼 조심조심 걸었다.

호빵은 여름에 꿈에서 먹는 게 더 맛있어요

박세형(번역가)

나는 8월 초부터 한 달간 하면을 하기로 했다. 자전
거를 타다 다쳐서 한동안 병원 신세를 진 뒤였다. 유난
히 더운 여름이었고 본격적인 번역 작업을 앞두고 휴
식이 필요했다. 어쩌면 그냥 호빵을 먹는 꿈을 꾸고 싶
었던 건지도 모른다. 쿠에르나바카에 있는 카시노 데
라 셀바 호텔에 방을 예약했다. 기차를 타기 전에 동면
경험이 있는 솔뫼씨에게 연락을 했다. 그냥 한국에서
쉬다가 동면을 하는 게 어때요? 이번 기회에 쿠에르나
바카 구경이나 하려고요. 여기 오면 호빵도 먹을 수 있
잖아요. 호빵은 여름에 꿈에서 먹는 게 더 맛있어요. 솔
뫼씨는 전화를 끊으며 최근에 동면을 마친 뒤에 쓴 글

을 메일로 보내주겠다고 말했다. 나는 쿠에르나바카에 도착해서 호텔에 짐을 풀자마자 맬컴 라우리의 책을 손에 든 채 밖으로 나갔다. 소설에 나오는 장소들을 따라 걸음을 옮기다가 막시밀리아노 황제와 카를로타 황후가 여름휴가를 보냈던 별장에 이르렀다. 양옆에 화분이 늘어서 있는 돌길이 끝나는 곳에 분수가 있었고 카를로타가 아니라 샤를로트라고 불러야 한다는 생각. 막시밀리아노도 막시밀리안이라고 부르는 게 좋겠다. 나폴레옹 3세에 의해 강제로 멕시코 황제가 된 막시밀리안은 샤를로트와 함께 대서양을 건너 멕시코시티에 도착했다. 하지만 막시밀리안은 황제로 즉위한 지 삼 년도 채 지나지 않아 베니토 후아레스가 이끄는 멕시코 군대에 처형당했다. 샤를로트가 막시밀리안을 구하기 위해 유럽 각지를 돌아다니며 도움을 청했지만 아무 소용이 없었다. 샤를로트는 그때 뭐라고 말했을까. 내 남편을 구해주세요. 멕시코를 구해주세요. 멕시코를 구해주세요? 있을 수 없는 일이다. 늦은 저녁에 호텔에 도착해서 솔뫼씨가 보내준 글을 열어보았다. 밤이 지나면 하면을 시작한다는 생각에 긴장한 탓인지 글 내용이 눈에 잘 들어오지 않았다. 중간쯤에 그림자 낙타에 대한 설명이 있었던 게 어렴풋이 기억난다. 그림자 낙타에 관해 알고 있는 것을 이야기하자면 그 존재가 가진 속성은 세 가지라는 것이다. 하나. 그림자 낙타는 그림자로 된 낙타다. 둘. 그림자 낙타는 사막을 걷는다. 셋. 그림자 낙타는 다른 그림자 낙타가 죽는 것을 보면 죽는다. 여기서 우리가 반드시 기억해야 할 것은 그림자 낙타에 대해 우리가 알고 있는 것은 하나 그림자 낙타는……그림자로 된 낙타 둘……사막……걷고 걷고 걷고……낙타……셋. 눈을 뜬다.

캔버스에 발라진 질감이 살아 있는 물감들을
하염없이 바라보듯

강혜림(북 디자이너)

박솔뫼를 읽으면 역시 좋다는 생각이 든다. 그러나 (아무도 안 물어봤지만) 왜 좋은데요? 라는 물음에 답하기 위해 타인과 자신에게 납득할 만한 이유를 소상히 밝혀야 할 것 같다. ……좋은 걸 좋다고 하지 뭐라고 해? 물론 읽자마자 가슴이 벅차서 편집자에게 '읽으면서 막 소름이 돋고 머리가 섰는데 그렇다고 내가 이 소설을 이해했다는건 아니지만……'이라고 문자를 보내기는 했다. 며칠 안 되어 추천의 글을 의뢰받게 되는데 맡긴 사람에게도 나름의 이유가 있지 않을까? 하는 마음으로 받아들이고 말았다. '솔뫼씨 글 좋아하잖아요'라며 부탁받았지만 박솔뫼 소설을 좋아하는 게 그냥 멋

194

있어 보여서 일 수도 있는데…… 왜 저예요? 라고 묻기엔 늦었다. 누구도 항상 맞는 판단을 하는 건 아닌데 이번엔 틀린 판단이 아니었을까요? 라고 하기에도 역시 너무 늦었다…… 게다가 지금 이 글을 읽는 사람도 왜? 당신이? 라고 할 것만 같아 더욱 긴장이 된다. 한편 문자에 궁색하게 덧붙인 말이 신경쓰였다. 이해해야만 좋아할 자격이 생기는 건 아닌데? 그건 내가 의미와 상징을 놓친 건 아니었을지, 그려지지 않은 부분을 만나면 견디기 어려워하는 촌스러운 타입의 독자라서일 테다. 뭐냐구요? 뭔데요? 나는 묻고 박솔뫼는 여전히 웃음을 띤 얼굴로 말이 없다. 그 와중에도 글자들은 계속 어디론가 흘러가고 중간에 빈 부분도 있고 일부러 지운 건지 안 그린 건지 나는 모르고 캔버스에 발라진 질감이 살아 있는 물감들을 하염없이 바라보듯 이것을 계속 따라가서 보고 싶다. 이해도 해석도 필요없이 존재하는 그대로를 읽어내는 시간이 즐거울 수 있다, 라고 생각하자 내가 하는 일도 비슷한 점이 있다는 걸 뒤늦게 깨닫고 내게 익숙한 개념을 불러오는데…… 모든 시각적 조형에 의미와 상징을 부여할 수는 없고 어떤 것들은 거기 두어야 해서 둔다는 것. 눈뗄 수 없는 형상

들이 그러한 건 빈 공간 덕이라고. 어째서 다른 이야기들은 그러한 방식으로 나를 찾아오지 않는데 박솔뫼의 글은 그런 방식으로 나를 찾아오는지 나는 그것이 늘 신기했고 동시에 완전히 마음을 열고 받아들이고 있었다. 그러자 내가 있고 싶고 있을 법한, 조금 다르고 비슷한 인물들의 세계가 선명하게 다가오며 지금의 나와 내가 바라보는 풍경과 장면을 생생하게 의식하게 했다. 두 세계가 분리되어 있음에도 맞닿아 있다는 확실한 느낌은 어떤 순간들의 연속이 무언가에 도달하기를 기다리는 과정이 아니라 어떤 식으로는 지금 이미 완성되어 있다는 깨달음으로 이어지고 나는 동면과 가이드와 그림자 개가 존재하는 세계에서 동시에 내 세계도 소중히 여길 수 있는 힘을 얻게 됐다. 박솔뫼를 읽기 전에는 아직 그런 시간들을 알지 못했다. 그러나 확실하게 말할 수 있는 것은 무얼 먹든 어딘가를 찾아가든 꿈을 꾸는 일이든 깨어나는 일이든 지속하게 하는 것이든 벗어나게 하는 것이든 괴로운 일도 있지만 즐거운 일도 금방 만들 수 있다는 것과 무엇보다 읽는 나 자신에 대해 의심하지 않아도 된다는 사실이었고 나는 그것을 여기에 적어둔다.

작가의 말

　첫번째 단편인 「여름의 끝으로」는 『사랑하는 개』(스위밍꿀, 2018)에 수록된 단편인데 이 책의 시작과도 같은 소설이라 재수록하였다. 이 소설을 쓰는 동안 나는 이걸 언제까지나 계속 쓸 수 있을 것 같다는 생각을 했다. 그 생각이 여기까지 온 것인데 막상 책을 내며 다시 읽으니 낯선 기분이 들었다. 책을 낼 때면 늘 이런 순간을 만나게 되는 것 같다. 이 단편을 읽고 이어서 써보라고 했던 유운성 평론가의 이야기가 구체적인 도움이 되었다.

　「일요일을 위하여」는 이전에 상우씨가 보낸 메일 제목이다. 일요일을 보내기 좋은 음악을 보내주었고 그걸 들으며 이 단편을 썼다.

황예인에게 의지하고 싶어서 책을 낸 것 같다. 박세형과 강혜림의 추천사는 지금까지 본 추천사 중에서 제일 재밌었다. 모두 감사합니다.

『사랑하는 개』를 내고 시간이 꽤 많이 흐른 줄 알았는데 막상 연도를 확인해보니 그렇지도 않았다. 뭐가 변했는지 변하지 않았는지 잘 모르겠지만 『사랑하는 개』 작가의 말 마지막에 썼던 말은 다시 쓰고 싶다. '내가 앞으로 할 것들과 하지 않고 하지 못할 것들이 늘 언제나 기대가 된다.' 지금도 여전히 그런 마음이다.

2022년 가을
박솔뫼

스위밍꿀 소설
믿음의 개는 시간을 저버리지 않으며
© 박솔뫼 2022

1판 1쇄   2022년 10월 30일   **1판 3쇄**   2023년 5월 31일

지은이   박솔뫼
펴낸이   황예인
편집   황예인
디자인   함익례

펴낸곳   스위밍꿀
출판등록   2016년 12월 7일 제2016-000342호
주소   서울특별시 마포구 양화로 58
연락처   swimmingkul@gmail.com
ISBN   979-11-960744-5-6 03810

이 책의 판권은 지은이와 스위밍꿀에 있습니다.
이 책 내용의 전부 또는 일부를 재사용하려면 반드시 양측의 서면 동의를 받아야 합니다.